Elisabeth Hurth (Hg.)
Licht in der Finsternis

Licht in der Finsternis

Christuslegenden zur Weihnacht

Ausgewählt und mit einem
Nachwort versehen von
Elisabeth Hurth

Patmos Verlag

VERLAGSGRUPPE PATMOS

PATMOS
ESCHBACH
GRÜNEWALD
THORBECKE
SCHWABEN
VER SACRUM

Die Verlagsgruppe
mit Sinn für das Leben

MIX
Papier | Fördert gute Waldnutzung
FSC® C014138

Die Verlagsgruppe Patmos ist sich ihrer Verantwortung gegenüber unserer Umwelt bewusst. Wir folgen dem Prinzip der Nachhaltigkeit und streben den Einklang von wirtschaftlicher Entwicklung, sozialer Sicherheit und Erhaltung unserer natürlichen Lebensgrundlagen an. Näheres zur Nachhaltigkeitsstrategie der Verlagsgruppe Patmos auf unserer Website www.verlagsgruppe-patmos.de/nachhaltig-gut-leben

Übereinstimmend mit der EU-Verordnung zur allgemeinen Produktsicherheit (GPSR) stellen wir sicher, dass unsere Produkte die Sicherheitsstandards erfüllen. Näheres dazu auf unserer Website www.verlagsgruppe-patmos.de/produktsicherheit. Bei Fragen zur Produktsicherheit wenden Sie sich bitte an produktsicherheit@verlagsgruppe-patmos.de

Verlagsgruppe Patmos in der Schwabenverlag AG
Senefelderstr. 12, 73760 Ostfildern
www.patmos.de

Umschlaggestaltung: Finken & Bumiller
Umschlagabbildung: Rembrandt, Anbetung der Hirten (1646)
(Bayerische Staatsgemäldesammlungen – Alte Pinakothek, München)
Satz: Schwabenverlag AG, Ostfildern
Druck: Finidr s.r.o., Český Těšín
Hergestellt in Tschechien
ISBN 978-3-8436-1605-8

Inhalt

IV DAS GÖTTLICHE KIND

V DAS LICHT GOTTES

I

»Ein helles Licht«
(Jesaja 9,1)

CHRISTNACHT

Ein helles Licht

Der Prophet Jesaja (ca. 740–701 v. Chr.)

Das Volk, das in der Finsternis ging,
sah ein helles Licht;
über denen, die im Land des Todesschattens wohnten,
strahlte ein Licht auf.
Du mehrtest die Nation,
schenktest ihr große Freude.
Man freute sich vor deinem Angesicht,
wie man sich freut bei der Ernte,
wie man jubelt, wenn Beute verteilt wird.
Denn sein drückendes Joch
und den Stab auf seiner Schulter,
den Stock seines Antreibers
zerbrachst du wie am Tag von Midian.

Jesaja 9,1–3

Das Kommen des Weltenkönigs

Georg Dreißig (*1950)

Ein Kaufmann hatte eine Reise in ferne Länder getan, und als er zurückkehrte, brachte er viele wunderbare Geschenke mit: Stoffe und Geräte, Geschmeide und Gewürze; für jeden in seiner Familie eine besondere Gabe. Seiner Frau aber schenkte er ein Säckchen, das recht unscheinbar aussah und ihm doch das Teuerste war, was er erworben hatte. »Hüte es nur gut«, sprach der Kaufmann zu seiner Frau, »denn es geht die Rede, dass dieses Säckchen die Gabe der Prophetie besitzt. Es wird uns verkünden, wenn der König der Welt bei uns einzieht.« Die Frau wunderte sich darüber, legte wohl auch ihr Ohr an den groben Stoff, aber sie vernahm keinen Laut. Hin und wieder nahm sie nun das Säckchen zur Hand, betrachtete es prüfend und konnte doch nichts entdecken, was an ihm außergewöhnlich gewesen wäre. Als schließlich ihr Mann wiederum auf Reisen gegangen war, nahm sie das Säckchen zu sich, schlich sich hinaus in den Wald, und als sie meinte, von niemandem gesehen zu werden, öffnete sie es geschwind und schaute hinein. Und was fand sie darin? Ein paar ganz gewöhnliche Knollen, klein und unscheinbar. »Ist das dein ganzes Geheimnis«, rief die Frau enttäuscht und schüttete die Knollen auf den Weg. Dann kehrte sie nach Hause zurück.

Die unscheinbaren Knollen aber lagen auf dem Weg im Wald und waren Wind und Wetter preisgegeben, bis Staub und Erde sie allmählich bedeckten.

Auf ihrem Weg nach Bethlehem kamen Maria und Josef just durch diesen Wald. Da zeigte sich, dass der Kaufmann recht gesprochen hatte: Unter den Füßen der lieben Gottesmutter sprangen die Knollen auf, und es wuchsen daraus kleine silberweiße Blumen hervor, die leuchteten, als wäre der Weg mit lauter Sternen übersät. – Sie kündigen auch heutzutage noch das Kommen des Weltenkönigs an.

Weihnachtsfreude

Dietrich Mendt (1926–2006)

Im Himmel war gerade eine Beratung, eine »Diskussion« würden wir sagen, aber im Himmel gibt es keine Diskussionen wie auf der Erde, obwohl man dort sehr oft miteinander berät und einander viel Kritisches sagt – aber es wird nichts übelgenommen. Und wo gibt es schon auf der Erde eine Diskussion, in der nichts übelgenommen wird? Im

Himmel wird immer die Wahrheit gesagt, das heißt, es wird weder was verschwiegen noch was erzählt, was nicht stimmt. Und sowie einer laut reden und schimpfen will, verwandelt sich jedes Wort schon im Mund in ein gesungenes Halleluja. So ist das im Himmel.

Das Thema der heutigen Beratung war die Ankunft des Messias auf der Erde. »Ich meine, es ist so weit«, sagte Gott Vater. »Die Menschen haben lange genug ausgeharrt, und wir haben durch unsere Propheten die Sache schon mehrmals bekanntgegeben und versprochen, nun müssen wir endlich was tun. Über tausend Jahre warten die Menschen, das ist eine lange Zeit, wenigstens auf der Erde.«

Und dann überlegten Gott und die Engel, die mit ihm im Himmel wohnten, wie man das wohl machen könne, den Messias schicken. Einer schlug vor, man solle einfach den jetzt regierenden König von Juda nehmen. »Du baust ihn um, Gott Vater, zu einem Heiligen, denn das ist er leider noch nicht. Aber du wirst sehen, wie gut er sich macht.« Andere waren mehr für einen Propheten, einer nannte sogar den Namen Johannes, der später der Täufer hieß. Wieder andere waren für einen Fürsten aus einem der übrigen Stämme Israels. »Einer, mit dem sie nicht so rechnen, kann sich eher durchsetzen! Denn wenn er aus dem Haus Juda kommt, vergleichen sie ihn mit dem großen König David, und womöglich schneidet er dann schlechter ab, der Messias. Das schadet unserem Ruf im Himmel.«

Gott Vater war mit keiner der vorgebrachten Ideen einverstanden. »Zu wenig Freude!«, sagte er. »Zu wenig Freude! Wenn der Messias kommt, sollen sich die Leute freuen. Gleich wenn sie ihn zum ersten Mal sehen, sollen sie sich freuen. Lachen sollen sie! Und ich fürchte, sie fürchten sich, anstatt zu lachen. Wenn einer mit einem Säbel kommt! Oder mit einer Krone und einem prächtigen Purpurmantel! Mit so einem redet man doch nicht, da geniert man sich, da hat man einfach Angst auf der Erde.« Gott Vater schaute sich um. »Hier gibt's ja – mir sei Dank – so was nicht mehr. Kronen, Säbel und Purpurmäntel müssen sie alle unten lassen. Oder wenn er kommt wie ein Prophet, mit einem Kamelhaarfell und wildem Bart, das macht doch keine Freude. Wie muss einer aussehen, damit man sich freut?«

Der Engel Gabriel kaute an seinen Fingernägeln. Das tat er immer, wenn er scharf nachdachte, obwohl sich das auch im Himmel nicht gehört. »Schmeckt's?«, fragte Gott Vater. »Nein«, sagte Gabriel und wurde rot dabei, »ich würd' lieber eine Schere nehmen.« Alles lachte, aber Gabriel war noch nicht fertig. »Vielleicht wie ein Kind?«, sagte er. »Über ein Kind freut man sich immer.« »Ein Kind?« Gott Vater stemmte die Arme in die Seiten. »Ein Kind? Natürlich, ein Kind! Habt ihr schon ein einziges Mal einen Menschen gesehen, der sich fürchtet, wenn er ein Kind sieht, einen Säugling? Ich nicht. Das gibt's auf der ganzen Erde nicht und im Himmel erst recht nicht. Ein Kind macht immer Freude.« Gott Vater legte die Stirn ein wenig in Falten. Dann fügte er hinzu: »Wenigstens, wenn es noch klein ist.« Jetzt hatten sie's: ein Kind! Der Messias musste als Kind auf die Welt kommen. Und Gabriel sollte es den Menschen bekanntgeben, weil es seine Idee gewesen war. Das heißt, er sollte es dem Menschen bekanntgeben, den Gott als Mutter bestimmt hatte, Maria aus Nazareth. Aber Gabriel war nicht zufrieden. »Und wer spielt das Kind? Wen nehmen wir da? Das Kind vom König Herodes? Das geht doch wohl nicht. Oder von einem Propheten? Oder von einem Rabbi aus Jerusalem? Das Kind wird erwachsen, daran muss man denken. Und es soll doch ein tüchtiger Erwachsener werden. Wer weiß, was ihm noch alles bevorsteht.« Alle dachten wieder angestrengt nach.

»Wer spielt das Kind?«

»Ich«, sagte Gott Vater.

Jetzt hätte es im Himmel beinahe eine richtige weltliche Diskussion gegeben. »Du? Das geht doch nicht«, sagte der eine. »Ein richtiger Mensch? Gott als ein Kind? Da lachen ja die Menschen.« »Sie sollen doch lachen«, sagte Gott Vater. »Natürlich, lachen sollen sie. Aber sie sollen doch Gott nicht auslachen! Das ist doch was ganz anderes.« Gott Vater lächelte. »Vielleicht nicht. Ist es nicht besser, alle lachen, wenn sie mich sehen, auch wenn ein paar darunter sind, die mich auslachen?« »Und der Himmel? Der soll wohl leer stehen?« »Ja«, sagte Gott Vater. »Und wenn das schiefgeht unten auf der Erde?« »Es geht schief«, sagte Gott Vater, »aber das versteht ihr jetzt noch nicht.«

Im Himmel war es ganz still geworden. Gabriel kaute wieder an seinen Fingernägeln, aber diesmal bemerkte es keiner, außer vielleicht

Gott, aber er tat so, als merke er nichts. »Es geht schief! Das sagst du so! Und wir? Denkst du gar nicht an uns?« Gabriel war nahe am Weinen. Gut, dass die Engel Männer sind und sich deshalb ein bisschen zusammennehmen müssen. »Natürlich denke ich an euch. Aber ich denke auch an die Menschen. Schließlich kann mit Engeln nicht mehr viel passieren. Aber mit den Menschen, mit denen kann sehr, sehr viel passieren. Und deswegen geht es schief mit mir.«

»Warum? Warum nur?« Das fragten mindestens sieben Engel gleichzeitig. »Damit es gut geht!«, sagte Gott Vater. »Aber da reden wir in vierunddreißig Jahren wieder drüber. Jedenfalls fängt es mit Freude an, weil es mit einem Kind anfängt. Und das verspreche ich euch: Zuletzt wird wieder Freude sein und sie wird bleiben!«

Eine Handvoll Stroh

Georg Dreißig (*1950)

Eines Abends klopften Maria und Josef bei einem Bauern an die Tür und baten ihn um Nachtquartier. Der Bauer aber war ein griesgrämiger, hartherziger Mann, der nicht gern half, ohne dafür bezahlt zu werden. Weil er jedoch sah, dass bei diesen armen Menschen nichts zu holen war, wies er sie in eine Ecke seines Hofes: »Dort, wo das Dach vorsteht, mögt ihr euch auf die Erde legen«, knurrte er ungastlich. »Und hättet ihr wohl auch noch eine Handvoll Stroh für uns«, bat Maria leise, »damit wir nicht auf der kalten Erde liegen müssen?« Der Bauer funkelte sie zornig an. Dann aber lenkte er ein: »Gut, eine Handvoll sollt ihr haben – aber keinen Halm mehr.« Und er ging selbst hinüber zur Scheune und zog aus dem riesigen Strohhaufen, der dort lag, die wenigen Halme hervor. Die gab er Josef und schlug die Tür zu.

Josef schaute bekümmert auf das bisschen Stroh. Was sollte ihnen das wohl nützen! Da aber nahm Maria es ihm sanft aus der Hand und begann, die Halme auf dem Boden auszubreiten. Und siehe da: Es entstand ein Lager für sie beide, und auch für das Eselchen blieb noch etwas zur Streu übrig. So konnten alle drei recht gut schlafen.

Ehe sie am anderen Morgen weiterzogen, bedankten Maria und Josef sich bei ihrem unfreundlichen Gastgeber. Der ließ sie brummend ziehen. Als er später selbst auf den Hof trat, fielen ihm die Strohhalme ins Auge, die immer noch dort lagen, wo Maria und Josef geschlafen hatten – hier einer und dort einer, eben eine Handvoll. Schon wollte der Bauer ärgerlich werden darüber, dass sie die Halme nicht wieder fortgeräumt hatten. Doch da bemerkte er, dass das Stroh ganz eigenartig glänzte. Und als er die Halme näher betrachtete, waren sie aus lauterem Gold. Er hob sie auf und wog sie in der Hand. Dann schlug er sich mit der anderen Hand gegen die Stirn und rief: »Narr, der du bist! In der Scheune hättest du die Leute schlafen lassen sollen, dann wäre jetzt all dein Stroh zu Gold geworden.« Nun, da ließ sich nichts mehr machen. So wollte er wenigstens die paar goldenen Halme, die ihm geblieben waren, teuer verkaufen. Der hartherzige Bauer schlug sie in ein Tuch und wanderte zur nächsten Stadt. Nach mancherlei Handeln und Feilschen fand er einen Goldschmied, der ihm einen guten Preis geben wollte. Zufrieden, dass das ärmliche Nachtquartier ihm doch noch so guten Gewinn eingebracht hatte, wickelte er die Strohhalme aus dem Tuch. Wie verdutzt aber schaute er und wie herzlich lachte ihn der Goldschmied aus, als ganz gewöhnliche Strohhalme zum Vorschein kamen!

So brachte der Bauer nur den Spott mit nach Hause, und der blieb ihm länger bewahrt als die Gabe der heiligen Familie, die er hatte verkaufen wollen.

Von der Geburt des Herrn

Jacobus de Voragine (1228/29–1298)

Unser Herr Jesus Christus ward leiblich in diese Welt geboren in den Tagen des Kaisers Octavianus nach Adams Zeit über 5228 Jahre, wie uns etliche Lehrer schreiben; andere Meister meinen, dass dazwischen lägen 6000 Jahre; Eusebius von Caesarea rechnet in seiner Chronik nur 5199 Jahre. Die Rechnung von 6000 Jahren hat Methodius gefunden, doch mag sie mehr sein in einem geistlichen Sinn denn eine Rechnung in zeitlichen Jahren.

Da Jesus Christus in diese Welt geboren ward, da war so großer Friede auf Erden, dass ein einziger römischer Kaiser die ganze Welt mit Frieden besaß; sein Name war Octavianus; doch hieß er auch Caesar, nach Julius Caesar, seinem Oheim; Augustus von der Vermehrung des Reichs; Imperator durch die kaiserliche Würde, da er zum Unterschied von andren Königen zuerst mit diesem Namen bezeichnet ward. Denn wie Christus geboren ward, dass er den Menschen zeitlichen und ewigen Frieden gebe, so wollte er des zu Urkund, dass sich die Welt bei seiner Geburt auch zeitlichen Friedens freue.

Da nun Augustus die ganze Welt besaß, begehrte ihn zu wissen, wie viele Länder und Städte, wie viele Burgen und Dörfer und Menschen in aller Welt wären. Darum gebot er, so erzählt die Historia Scholastica, dass ein jeglicher Mensch führe in die Stadt, davon er geboren sei, und gebe dem Landpfleger einen silbernen Denar, und bekenne sich als römischen Untertan. Es gilt aber ein Denar zehn gewöhnliche Münzen, davon er Denarius heißt, und trägt das Bild des Kaisers und seines Namens Aufschrift. Diese Zählung ward genannt eine Bekundung und eine Aufzeichnung, aus zweierhand Ursachen. Bekundung hieß sie, weil ein jeglicher, so er dem Landpfleger seinen Kopfzins darbrachte, das ist den Denar, der also genannt war, solchen Denar auf sein Haupt legte und mit eigener Stimme kundgab, er sei des römischen Reiches Untertan; darum hieß es Bekundung, das ist: Kundtun mit eigenem Munde; und geschah das öffentlich vor allem Volk. Aufzeichnung aber hieß die

Zählung, weil ein jeglicher, der den Kopfzins darbrachte, mit einer Zahl bezeichnet und aufgeschrieben ward.

Die erste Zählung ward gemacht von Cyrinus, dem Landpfleger von Syrien. Sie heißt die erste des Cyrinus wegen, wie wir in der Historia Scholastica lesen; denn weil Judaea, wie man sagt, im Nabel der bewohnten Erde liegt, so ward geboten, daselbst anzufangen, und sollten die Landpfleger in den umliegenden Ländern folgen. Sie heißt auch die erste, weil sie die erste allgemeine Zählung war, besondere aber waren vorangegangen. Oder man nennt sie deshalb die erste, weil etwa zuerst in der Stadt die Häupter von dem Landpfleger gezählt wurden, danach die Städte des Landes von dem Legaten des Kaisers, zuletzt die Länder alle von dem Kaiser in Rom.

Da machte sich auch auf Joseph von Nazareth nach der Stadt Bethlehem, weil er vom Geschlecht Davids war. Da nun die Zeit nahte, dass Maria gebären sollte, und Joseph nicht wusste, wann er wieder heimkehren würde, da führte er sie mit sich nach Bethlehem, dass er den Schatz, der ihm von Gott befohlen war, selber mit großen Sorgen bewahre und nicht in fremden Händen lasse. …

Da Maria und Joseph nun zu Bethlehem waren, mochten sie keine Herberge finden; denn sie waren irdischen Gutes arm, und waren auch alle Herbergen andrer Menschen voll, die um derselben Sache willen gekommen waren. Darum kehrten sie in einen offenen Durchgang zwischen zwei Häusern, der war mit einem Dach gemacht, wie wir in der Historia Scholastica lesen; das heißt man Einkehr, und pflegten die Bürger darunter zu schwatzen und miteinander zu essen an den Feiertagen oder wenn böses Wetter war. Dort machte wohl Joseph für Ochs und Esel eine Krippe; andre sagen, die Krippe sei schon dagewesen, denn die Bauern hätten dort ihr Vieh festgebunden, wenn sie zu Markt kamen.

In der Armut gebar Maria ihr Kind um die Mitternacht zum Sonntag und legte das liebe Kindlein in die Krippe auf ein wenig Heu; dasselbe Heu führte danach Sanct Helena gen Rom, wie wir in der Historia Scholastica lesen; Ochs und Esel aber, sagt man, wagten nicht davon zu essen.

Hier sollen wir merken drei Dinge an der Geburt unsres Herrn; das erste sind die Zeichen und Wunder, die auf die Zeit geschahen; das andre ist die Mannigfaltigkeit, damit die Geburt verkündet ward; das dritte ist der große Nutzen, der daraus kommt.

Zu dem ersten so war die Geburt gar wunderlich: als von der Mutter wegen, die gebar, von Christi wegen, der geboren ward, und von der Art wegen, wie er geboren ward. Von der Mutter wegen, denn Maria war Jungfrau vor der Geburt und in der Geburt und nach der Geburt. Des haben wir fünf Zeugnisse, dass sie als reine Jungfrau gebar. Das erste ist der Prophet Jesaias in dem 7. Kapitel, da er spricht »Siehe, eine Jungfrau wird empfangen und einen Sohn gebären.« Das andere ist das Beispiel an der Rute Aarons, die da blühte ohne eines Menschen Zutun; und an der Pforte Ezechiels, die nie aufgeschlossen ward. Das dritte ist die Hut Josephs: Da er ihrer hütete, so ist bezeugt, dass sie reine Magd blieb. Zum vierten ward es auch erprobt. Denn es erzählt Bartholomäus in seiner Compilatio, und es scheint solches aus dem Buch von der Kindheit des Erlösers genommen: Als die Stunde kam, da Maria gebären sollte, rief Joseph zwei Wehmütter herbei, die eine hieß Zebel, die andre Salome; wohl zweifelte er nicht daran, dass die Jungfrau den Gottessohn gebären würde, sondern er tat nur nach der Sitte des Landes. Da nun Zebel empfand, dass Maria Jungfrau war, da rief sie: »Wahrlich, diese ist Jungfrau und hat geboren.« Das wollte Salome nicht glauben, und wollte es aber prüfen; da erstarb ihr die Hand und verdorrte. Unter dem erschien ein Engel und gebot ihr, dass sie das Kind anrührte; davon ward sie alsbald wieder gesund.

Das fünfte war ein klärliches Zeichen, das zu Rom geschah auf die Zeit der Geburt unsres Herrn. Es schreibt Papst Innocentius der Dritte, dass in dem römischen Reich zwölf Jahre Friede war; da bauten die Römer einen gar schönen Tempel des Friedens und setzten darein die Säule Romuli und fragten den Apollo, wie lange der Friede sollte währen. Da ward ihnen geantwortet: »So lange, bis eine Jungfrau ein Kind gebiert.« Als sie das hörten, sprachen sie: »So wird der Friede ewig währen«, denn es bedeuchte sie unmöglich, dass eine Jungfrau gebäre; darum schrieben sie über des Tempels Tür »Ewiger Tempel des Friedens«. Aber in der Nacht, da Christus geboren ward, fiel der Tempel; und steht jetzt an seiner Statt die Kirche Sancta Maria Nova.

Das andre Wunder war an dem Kind, als Sanct Bernhard schreibt: »Da war in einer Person Ewiges, Altes und Neues wunderbarlich geeint: die Gottheit ewig, der Leib alt von Adam her, die Seele neu erschaffen.« Und weiter spricht Sanct Bernhard: »Gott hat an diesem Tag drei Werke getan, also wunderlich, dergleichen ist nie geschehen und wird auch nimmer geschehen: dass vereinbart würden Gott und Mensch, Mutter und Jungfrau, Glaube und menschliche Herzen. Die erste Vereinung ist wunderlich, dass verbunden wurden Staub und Gott, Schwachheit und Allmächtigkeit, Schnödigkeit und Hoheit. Denn es ist nichts Höheres denn Gott, und nichts Schnöderes denn Erdenstaub. Die andre ist gar wunderlich, denn es ward sonst nie erhört, dass eine Jungfrau gebäre und eine Mutter Jungfrau bleibe. Das Dritte ist unter den zweien ersten, und ist doch genug wunderlich: Wie eines Menschen Herz diese zwei glauben mag, dass einer Gott und Mensch sei, dass eine Mutter und Jungfrau sei.«

Das dritte Wunder ist, wie die Geburt geschah. Es war über die Natur, dass eine Jungfrau empfing; es war über Vernunft, dass sie Gott gebar, es war über menschliche Kraft, dass sie ohne Schmerzen gebar, es war über gewöhnlichen Lauf, dass sie von dem heiligen Geist empfing; denn sie gebar nicht aus menschlichem Samen, sondern von einem mystischen Hauch. Der heilige Geist nahm an sich von dem reinsten und lautersten Blut der Jungfrau und schuf davon Christi Leib. Und also zeigte Gott die vierte Art, wie er den Menschen wunderbar erschuf. Davon spricht Anselmus: »Auf vier Wegen mag Gott den Menschen erschaffen: einen ohne Vater und Mutter, das war Adam; den andern ohne Mutter aus einem Vater, das war Eva; den dritten aus Vater und Mutter, wie uns alle; den vierten aus einer Mutter ohne Vater, wie es heute wunderbar ist geschehen.«

Die Geburt unsres Herrn ward zum andern auch mannigfaltig kundgetan: Es gaben von ihr Zeugnis alle Stufen der Kreatur. Nun sind Kreaturen, die haben nur das körperliche Sein, als die Steine. Andre haben Sein und Leben; als die Pflanzen. Andre haben Sein und Leben und Fühlen; als die Tiere. Andre haben Sein, Leben, Fühlen und Verstehen; als der Mensch. Andre haben Sein, Leben, Fühlen, Verstehen und Erkennen, als die Engel. Alle diese Geschöpfe haben die Geburt Christi verkündet. Von den untersten Wesen, den bloßen Körpern, sind abermals drei Arten: undurchsichtige, durchsichtige oder unfeste, und leuchtende. Zum ersten gaben Zeugnis die undurchsichtigen Körper, als die Steine, die zerfielen an dem Tempel zu Rom, wie oben gesagt ward; und an der Säule Romuli, des Abgotts der Römer, die zu Stücken zertrümmert ward; und an andrer Abgötter Säulen, die zu derselben Zeit an vielen andren Orten zerstört wurden. Davon lesen wir auch in der Historia Scholastica, dass der Prophet Jeremias fuhr in Ägyptenland und gab nach dem Tod des Godolias den Königen von Ägypten das Zeichen, dass ihre Abgötter fallen sollten zu der Zeit, so eine Jungfrau ein Kind gebäre. Darum setzten die Priester der Abgötter an den heimlichsten Ort des Tempels das Bild einer Jungfrau, die hielt ein Kind in ihrem Schoß, und beteten es an. Als danach der König Ptolemaeus sie einst fragte, warum sie das täten, antworteten sie: »Es ist eine Heimlichkeit, die halten wir von Gewohnheit unsrer Väter her, die sie von einem großen Heiligen und Propheten haben empfangen.« Und glaubten, dass es also würde geschehen.

Zum andern gab von der Geburt Zeugnis die durchsichtige oder unfeste Materie; denn in der heiligen Nacht verkehrte sich die Finsternis der Luft in die Klarheit des Tages. Auch bezeugen Orosius und Papst Innocentius der Dritte, dass in derselben Nacht zu Rom ein Brunnen mit Wasser sich wandelte in Öl und brach aus und floss bis in den Tiber, und floss all den Tag ohne Unterlass: Nach dem, was die Sibylle geweissagt hatte: Wenn ein Brunnen mit Öl entsprünge, so wäre der Welterlöser geboren. …

Es gaben zum andren Zeugnis die Kreaturen, die Sein und Leben haben, als die Pflanzen und Bäume. Denn Bartholomäus spricht in seiner Compilatio, dass in derselben Nacht blühten die Reben von Engadi, die da Balsam geben, und brachten Frucht, daraus Balsam floss.

Es gaben zum dritten Zeugnis die Kreaturen, die Sein und Leben und Fühlen haben, als die Tiere. Denn da Joseph gen Bethlehem fuhr mit der schwangeren Maria, da führte er ein Öchslein mit sich, wohl, dass er es verkaufe und davon den Zins für sich und Marien löse, und dass sie von dem leben möchten, was dann noch übrigbliebe; und führte auch mit sich ein Eselein; wo, dass es Maria trüge: Die zwei Tiere erkannten unsren Herrn und knieten nieder und beteten ihn an. Und wenige Tage vor Christi Geburt, da Etliche auf dem Felde pflügten, sprachen die Ochsen zu den Pflügern »Die Menschen werden abnehmen, aber das Korn wird sich mehren.« Das schreibt Eusebius in seiner Chronik. …

Also wurde Gottes Geburt auch bewährt durch den Kaiser Augustus, da er zu der Zeit das Gebot ausgehen ließ, dass niemand ihn Gott nennen dürfe, als wir bei Orosius finden. Denn als er das Zeichen um die Sonne sah und bedachte den Sturz des Tempels und dass die Ölquelle entsprungen war, da erkannte er wohl, dass der zur Welt geboren wäre, der mächtiger sei als er, und wollte hinfort nicht Herr noch Gott genannt werden. Auch lesen wir in etlichen Chroniken, dass beim Nahen der Geburt des Herrn Octavianus offene Straßen machen ließ in alle Welt, und den Römern alle ihre Schuld erließ. …

Die Geburt unsres Herrn war auch mannigfaltig in großem Nutzen. Der erste Nutzen ist ein Schutz wider den Teufel. Denn der böse Feind mag uns so sehr nicht mehr schaden, als er vormals hat getan. Davon lesen wir, dass Sanct Hugo, dem Abt von Cluny, am Weihnachtsabend Unsre Frau erschien, die trug ihr liebes Kind in ihrem Arm und sprach: »Dies ist der Tag, an dem der Propheten Sprüche erneuert werden. Wo ist nun der Feind, der vor diesem Tage gewaltig war über die Menschen?« Da stand der Teufel auf aus dem Erdreich und wollte spotten der Worte unsrer lieben Frau. Aber da log ihm seine Bosheit; denn da er durch die Wohnungen der Brüder umging, so vertrieb ihn aus der Kirchen der Brüder Andacht, aus dem Refectorium das fromme Lesen, aus dem Schlafhaus die harte Streu, aus dem Capitelhaus warf ihn Geduldigkeit.

Im Buch Peters von Cluny liest man auch, dass am Weihnachtabend dem heiligen Abt Hugo von Cluny die Jungfrau erschien, die spielte mit dem Kind, das sie auf ihrem Schoß hielt. Da sprach zu ihr das Kindlein: »Mutter, du weißt, dass die Kirche meinen Geburtstag mit großem Lob und Jubel feiert; wo ist nun des Teufels Macht, was will er sagen oder tun?« Da sah man den Teufel aus der Erde fahren, der sprach: »Mag ich auch nicht kommen in die Kirche, da man dir lobsinget, so will ich doch kommen in das Capitel und ins Dormitorium und Refectorium.« Aber da er es versuchen wollte, war ihm die Tür des Capitels zu eng, denn er war aufgeblasen, die Tür des Dormitoriums war ihm zu niedrig für seine Hoffahrt, und des Refectoriums Tür war verriegelt mit der Liebe der Dienenden, mit der frommen Begier der Hörenden, mit Mäßigkeit in Speise und Trank. Also fuhr er hinweg mit Schanden.

Der andre Nutzen ist die Vergebung unsrer Sünden. So liest man in einem Buch der Beispiele, dass ein sündiges Weib, da die Reue über sie kam, daran verzweifelte, dass sie Verzeihung möchte erlangen, denn dachte sie an das Gericht, so fühlte sie ihre Schuld; dachte sie an die Hölle, so erkannte sie, dass sie darin müsste gepeinigt werden; dachte sie an das Paradies, so fand sie dawider ihre Unreinheit; dachte sie an des Herrn Leiden, so empfand sie ihre Undankbarkeit. Aber da gedachte sie, dass Kinder leichtlich mögen versöhnt werden, und rief Christus an bei seiner Kindheit. Da sprach eine Stimme, ihre Sünde wäre ihr vergeben.

Der dritte Nutzen ist die Heilung unsrer Gebrechen. Davon spricht Sanct Bernhard: »Menschliches Geschlecht litt dreifaches Siechtum in Anfang, Mitte und Ende, das ist in der Geburt, im Leben und im Tod. Unsre Geburt war unrein, unser Leben war verkehrt, unser Tod war sorglich. Christus kam und brachte wider diese dreifaltige Krankheit dreifaltige Arznei. Denn er ward geboren, er lebte und starb: In seiner Geburt hat er unsre Geburt gereinigt, in seinem Leben hat er unser Leben geordnet, mit seinem Tod hat er unsren Tod getilgt.«

Der vierte Nutzen ist die Demütigung unsres Stolzes. Davon spricht Sanct Augustinus: »Die Demütigkeit, die uns Gott gezeigt hat in seiner menschlichen Geburt, die ist uns ein Beispiel gewesen, ein Heil und eine Arznei, ein ziemlich Beispiel, dem wir sollen nachfolgen, ein hohes Sakrament, dadurch die Fessel unsrer Sünden zerrissen werde, eine kräftige Arznei, dadurch die Geschwulst unsrer Hoffahrt gesund ist worden.« Denn der Übermut des ersten Menschen ward geheilt durch die Demütigkeit Christi. Und hier ist zu merken, wie die Demut Christi der Hoffahrt Adams musste gleichkommen. Die Überhebung des ersten Menschen war wider Gott, sie war bis zu Gott, und sie war über Gott. Sie war wider Gott, denn sie war wider sein Gebot, nicht von dem Baum der Erkenntnis des Guten und Bösen zu essen. Sie ging bis zu Gott, bis zur Begierde nach Gottgleichheit; denn der Mensch glaubte dem bösen Geist, da er sprach: »Ihr werdet sein wie Gott.« Sie war auch über Gott, wie uns schreibt Sanct Anselmus, denn indem der Mensch begehrte, was Gott nicht wollte, dass er es begehre, setzte er seinen Willen über Gottes Willen. Aber Gottes Sohn, so schreibt Johannes Damascenus, erniedrigte sich für die Menschen, nicht wider sie, bis zu den Menschen und über die Menschen. Für die Menschen, denn er ward geboren zu ihrem Nutzen und Heil. Zu den Menschen, mit der Gleichheit der Geburt. Über die Menschen, mit der Ungleichheit seiner Geburt. Denn seine Geburt ist der unsren gleich, weil er von einem Weib ist geboren und durch dieselbe Pforte ging wie wir; ungleich, da er von dem heiligen Geist aus der Jungfrau Maria ist geboren.

Trost aller Welt

Ferdinand Bäßler (1816–1879)

Da aber die Zeit erfüllt war, dass sich Gott erbarmen wollte über die Menschen und dass sein eingeborener Sohn als Mensch geboren werden sollte von Maria, der reinen Magd, da war ein Kaiser, der hieß Augustus, der war so gewaltig, dass ihm die ganze Welt gehorsam war. Und in dem vierundvierzigsten Jahr seines Reiches ließ er ein Gebot ausgehen, dass jedermann dahin gehen sollte, wo er geboren wäre, um dem Kaiser seinen Zins zu bringen. Nun wohnte Joseph mit Maria in der Stadt Nazareth. Er war aber in Bethlehem, der Stadt Davids, geboren, wo seine Voreltern von Alters her gesessen hatten. Da wollten sie dem Kaiser gehorsam sein und ihren Zins bringen. Und als sie gen Bethlehem kamen, da war es auch der Zeit nahe, dass Maria gebären sollte unsern lieben Herrn. Nun waren aber zur selben Stunde und aus gleicher Ursache gar viele Leute gen Bethlehem gekommen und waren alle Herbergen voll; Maria und Joseph aber kamen zu spät und konnten nirgends unterkommen, zumal die Leute wohl sahen, dass sie arm waren. Darum kehrte sich niemand an sie. Und da Joseph alle Gassen durchfuhr, kam er zuletzt an einen Schoppen, der hing an einer Mauer und war vor alten Zeiten eine Hofstätte gewesen Jesses, des Vaters Davids. Durch die Mauer ging ein Loch wie eine Tür in eine wüste Wohnung, die in langen Jahren kein Mensch betreten hatte. Es stand an der Mauer eine kleine steinerne Krippe, da ließen sich Joseph und Maria nieder, und Joseph band sein Eselein an die Krippe. Vor dem Schoppen aber war Wochenmarkt, wo man Brot, Holz, alte Kleider und allerlei feilhielt, und die Leute, die von den Dörfern kamen, stellten ihre Esel und Rinder unter den Schoppen. Joseph fand nun schon ein Rind unter dem Schoppen an der Krippe stehen. Das hatte ein armer Mann daselbst angebunden, welcher gleichfalls diese Nacht nirgends unterkommen konnte. In diesem armen, wüsten, engen Hüttlein ward geboren der zarte Gottessohn, Jesus Christus, von Marien, der reinen Magd, der da ist ein Trost aller Welt. Maria fand aber keine Stätte, wo sie ihr Kind hinlegen möchte. Da legte sie es in die Krippe vor den Esel und das Rind. In der Krippe war ein wenig Heu, darauf lag Christus in Tüchlein gewickelt, so gut sie Maria eben haben mochte, denn sie hatte nicht gedacht, dass ihre Zeit so nahe wäre. In solcher Armut ward das Heil der Welt geboren ohne alle Schmerzen und ohne alles Weh.

Christnachtzauber

Therese Köstlin (1877–1964)

Christnacht … Die Lichter und Lichtlein im Dorf waren alle heruntergebrannt, am großen, stattlichen Edeltannenbaum des Herrenbauern und am winzigen Tännlein des ärmsten Taglöhners. Nun spielte das Mondlicht mit den Äpfeln und Nüssen und baute silberne Brücken von einem Zweig zum andern. In den Häusern war es nach dem frohen Lärmen ganz, ganz still geworden. Die Kinder lagen schon im ersten Schlaf und träumten von Hutzelbrot und Lebkuchen, von Schaukelpferd und Puppenwagen.

Auf der Dorfgasse glänzte der Schnee wie Silber. Das war der Mond, der ihn so schön übersilberte, wie die Mütter im Dorf die Nüsse und Äpfel an den Christbäumen versilbert hatten. Kein Mensch war jetzt unterwegs. Nicht einmal der Nachtwächter. Der war über des Ochsenwirts Weihnachtsglühwein sanft eingenickt, nachdem er die Elfe ausgerufen, und nun ging's auf zwölf. Nun war kein Mensch mehr unterwegs. Keiner? Ist das eine verirrte Waldelfe, die an den Häusern hinstreift, ein-, zweimal zurück, ein-, zweimal mit großen schönen Augen um sich blickt und dann auf leisen Füßen über den glitzernden Schnee huscht? Die Steigung hinan, wo es vom Schlittenfahren spiegelglatt ist – so flink, als ging's auf ebenem Stubenboden hin, dem Walde zu, wo die hohen dunklen Tannen stehen und über den Wipfeln Stern an Stern funkelt?

Des Herrenbauern Annele ist's, das mutterseelenallein hinausläuft, um das Wunder der Wintersonnenwende zu schauen, den Frühling mitten im Winter. Des Herrenbauern Kind irrt allein im Schnee herum, in der heiligen Nacht! Und hat doch daheim eine warme Stube, nein, sechs große schöne, warme Stuben! Und hat unter dem großen Christbaum eine schöne Puppe gefunden und ein noch schöneres neues Kleid.

All das will das Annele verlassen, um den Frühling zu sehen, den Frühling im Winter. Das Christnachtwunder hat's ihm angetan. Es ist ein Sonntagskind.

Vom Dorfkirchturm schlägt es Dreiviertel. Da steht das Annele am Waldrand und atmet tief auf. Wie es gelaufen ist! Ganz warm ist ihm geworden. Aber die Füßchen sind müde. So müde! Weiter kann es nicht mehr. Warum soll's auch?

Denn im Wald sieht man nicht so viel vom Frühling. Hier außen blühen immer zuerst die Leberblümchen, die Anemonen und Schlüsselblumen am Wegrand hin, im grünen Moos. Aber bis jetzt ist da nichts zu sehen als Schnee und wieder Schnee. Bis hinunter ins Dorf. Bis hinaus zu den Wipfeln der Tannen. Und es ist, als ginge ein Klingen über die weiche, weiße Einsamkeit, als fingen Schnee und Sterne und Mondschein an zu singen, leise, leise, ein schönes, aber altes Lied …

Und dann wieder ist es ganz still. Totenstill. Nun wird's bald kommen. Das Leuchten und Glänzen. Das Duften und Blühen. Immer, wenn was sehr Schönes kommt, ist es vorher ganz still: Wenn man im dunklen Stübchen sitzt, vor dem Weihnachtszimmer, bevor das Glöckchen klingt, ist's auch eine Weile so still. Das Annele friert. Vorhin war ihm doch so warm.

Am Waldrand steht eine große Tanne. Die neigt ihre Äste herunter wie freundliche Arme. Das Annele legt sich hinein. Schnee rieselt von den Ästen hernieder in seinen Schoß und auf sein helles Haar, das wie Silber durch das dunkle Tannengezweig schimmert. Horch, was regte sich in den Zweigen? Der Wode?* Das Annele schauert zusammen.

Ach nein, der Wode nicht. Heute hat der hier nichts zu tun. Der fährt im Sturm durch die Lüfte. In der sternklaren Christnacht ist alles ganz still, ganz still, damit das Christkind einziehen kann. Das Christkind und der Frühling.

»Mitten im kalten Winter wohl zu der halben Nacht.« Wer sagte das? Wer sang es dem frierenden Kinde zu? Vom Dorf her klang es in weichen, frohen Tönen. Ein Lichtstrahl schimmerte vom Kirchturm herüber.

Nun wiegten sie sie das Kindlein … Und nun fielen zwölf klingende Schläge. Mitternacht. Nun musste es kommen. Das Annele richtete sich ein wenig auf und löste sich von den schützenden Tannenarmen. Weit umher spähten seine brennenden Augen, in denen die große Sehnsucht stand, die tötet oder selig macht. Aber sie sahen nichts als Schnee und wieder Schnee. Und über dem Schnee die Tannen. Und über den Tannen die Sterne, kalt und still und schön.

Da schmiegte sich das Annele wieder in die freundlichen grünen Arme hinein. Die feinen Nadeln stachen es ein wenig, aber das tat nicht weh. Viel weher tat die kalte Stille ringsum. Auch das Klingen war verstummt. Dem Annele fielen die Augen zu.

Da kam auf einmal das Leuchten, das Blühen, das Duften. Wo war denn der Schnee auf einmal hingekommen?

---

* Sagenhafter Nachtjäger, der mit wildem Gefolge vornehmlich in den Raunächten den Fabelwesen des Waldes nachsetzt

Das war doch die Wiese am Waldrand, die nun über und über besät war mit vielen tausend Blumen? Mit Anemonen, Schlüsselblumen, Leber- und Gänseblümchen, Vergissmeinnicht und Sternen. Und die Tannen strömten einen würzigen Duft aus, wie um die Maienzeit. Und in der Luft war ein Summen und Klingen, wie von Myriaden kleiner und kleinster Wesen, die sich alle des Lebens, des Frühlings, der Schönheit freuen.

Und über allem ein Licht, heller noch als die Sonne. Das Annele sieht mit weit offenen Augen in das Leuchten. Es trinkt den süßen Frühlingsduft in sich hinein und wird vor großer Freude still und stiller. Die Annebäb hat recht: »Schöneres kann man nicht schauen, aber mit dem Schlag eins ist alles vorbei.«

Wenn der doch nicht käme! Er kam nicht, sondern das Christkind schritt über die blühende Wiese. Alle Blumen beugten sich vor ihm. Und es trug im lichten Kinderhaar einen Kranz von Christrosen, zarten, schneeweißen Christrosen, wie man sie nur an einer Stelle im Wald findet, wo die drei Tannen dicht beisammenstehen.

Das Christkind kommt auf den Waldrand zu. Wird es nun unter den Bäumen verschwinden und nicht wiederkommen? Und wird's dann wieder kalter Winter? Nein, das Christkind bleibt am Waldrand stehen. Dicht beim Annele. Und nimmt es an der Hand, wie ein Kind das andere an der Hand nimmt – und führt es in ein Meer von Licht und wieder Licht hinein. Und dem Annele wird so leicht … Es kann fliegen …

In der Christnacht, in der längsten von den heiligen zwölf Nächten, zur Zeit, da die Tage am kürzesten sind, die Nächte am längsten, da kehrt auf eine Mitternachtsstunde der Frühling ein. Und ist ringsum in Wald und Feld ein Blühen, ein Duft und ein Leuchten wie zur Maienzeit. Sonntagskinder können es schauen. Für die anderen ist alles kalt und tot, wie sonst. Aber wer die Pracht einmal schaute, kann hinfort auf Erden nichts Schöneres schauen. Also groß ist sie, dass ein Menschenkind an ihrer Schönheit sterben muss.

Der erwartete Stern

Johannes von Hildesheim (1310/20–1375)

Als nun in Bethlehem Christus, Gott und Mensch, geboren wurde, da ließ der allmächtige Gott, der allen denen nahe ist, die ihn wahrhaftig anrufen, jenen Stern aufgehen, den Bileam verkündet hatte. Sehnsüchtig hatten ihn seit langer Zeit die zwölf Sternkundigen auf dem Berg Vaus erwartet, Und es geschah, dass in der gleichen Nacht und zu der gleichen Stunde, in welcher der Herr geboren ward, der Stern über dem Berg Vaus aufging. Langsam stieg er auf, wie ein Adler emporfliegt, und blieb den ganzen Tag unbeweglich über dem Berg stehen. Er erstrahlte wie die Sonne und erhellte die ganze Welt. Als die Sonne in den Mittag hinaufstieg, konnte sie ihn nicht verdunkeln, beide – Sonne und Stern – leuchteten in gleicher lichter Klarheit. Der Stern sah aber nicht so aus, wie er in unseren Kirchen gemalt wird, sondern es gingen viele lange Strahlen von ihm aus, die wie Fackeln brannten; und wie der Adler mit seinen Schwingen die Luft schlägt, so bewegten sich seine Strahlen. In sich trug er die Gestalt eines Kindleins, darüber das Zeichen des Kreuzes, und eine Stimme sprach aus dem Stern: »Heute ist der Herr geboren, der König der Juden, der die Erwartung der Heiden und ihr Herr ist – geht und sucht ihn und betet ihn an!«

Wundersinn

Josef Martin Bauer (1901–1970)

Der weite Marktplatz liegt offen vor dem Wind, und frierend stehen die Bäume in den zwei langen Reihen, sodass die Weite um die straff ausgerichteten Besenstümpfe der Bäume noch leer erscheint. Die hohen Giebelseiten der Häuser freilich schließen den Platz schützend ein, aber selten nur wagt sich ein Mensch, eng in den Mantel geschlagen, auf die Straße. Der Stadtturm trägt Altermannsbrauen von Raureif um die Bogenöffnungen der Schalllöcher. Wenn dann nach langen, kalten Abständen das Schlagwerk wieder eine Stunde fertig macht, dann klingt es blechern und misstönig, weil der brummende Nachhall in den Turmluken erfriert. Am Morgen hat der Bäcker Pohl den Schnee vom Gehpflaster vor seinem Haus gekehrt. Er hat es vielleicht getan, um dabei zu sehen, dass die anderen es nicht tun, dass die Kinder stolpern vor den Nachbarhäusern und dass die alten Frauen mit Ängsten über die Buckelberge von festgefrorenem Schnee gehen. Darüber kann er sich übers notwendige Maß ärgern, und ohne Ärger hat sein Leben keinen Inhalt.

Lucie, die Fleischerstochter, ist eben ein letztes Mal bei der Näherin gewesen, denn morgen wird sie Verlobung halten mit dem Taugenichts, der steinerne Bildwerke macht und doch kein ordentlicher Steinmetz ist. Die Fleischersleute wollen das nicht haben, das mit dem Taugenichts, aber Lucie setzt sich durch. Bürstenmachers Kathrin zankt den lieben langen Tag, die jungen Bankschreibersleute nebenan freuen sich auf das Kind, das in ein paar Wochen kommen wird, der Amtsanwalt Egidius lässt wieder einmal auf Borg einkaufen in dem kleinen Laden nebenan, und im kleinen Laden nebenan hält der alte Thomann stundenlang die Arme gespreitet, wenn seine Frau Marianne Wolle abhaspelt. Denn sie strickt ewigzu Wintersachen für sich, für den Mann, für die Kinder, die in aller Welt verstreut sind und sich wenig mehr um die alten Leute kümmern. …

Elise, die Frau des Bankschreibers, tritt auf die Straße. Behutsam kommt sie an ein Fuhrwerk heran und will in ihrer kindlichen Verlegenheit den mächtigen grauen Hund streicheln, der den Christbaumwagen zieht. Als der Hund aber, ein klein wenig zwar, den Kopf nach der Seite nimmt und die Zunge sehen lässt, zieht Elise die Hand eilig, zu eilig fast, zurück. Der Ziehhund wird unruhig und zerrt plötzlich an den Spannseilen. Der Mann aber tröstet die erschreckte Frau: »Er tut nichts, er ist ein guter Hund, er ist nur sehr groß, und die Frauen schrecken sich darum, dass er groß ist.« Die Frau des Bankschreibers aber steht am Wagen und nimmt mit leichten Händen das gewürfelte Tuch auseinander, aus dessen schmalem Ausschnitt nun ein Kind verwundert in die kalte Welt schaut.

»Ist das Ihr Kind, Frau?«

Die Frau auf dem kleinen Wagen dreht das Gesicht, das sich tief im gleichen Tuch verbirgt, der Fragenden zu. Sie nickt. Sie spricht kein Wort, vielleicht versteht sie die Sprache dieser Menschen nicht zu sprechen, denn sie muss wohl weither kommen, da niemand dieses Hundegefährt und seine Menschen kennt. Ein paar Wochen mag das Kind alt sein, dessen Gesicht für einen Augenblick freigelegt wird, wenn die Mutter das Tuch lockerer macht. Es ist ein schmales Kindesgesicht, und die Augen sind geschlossen, und die Fäustchen sind gerollt, und Elise bekommt das Sehnen wieder, von dem sie alle Tage spricht mit dem Mann, ehe er weggeht ins Geschäft, wenn er zur Mittagszeit wiederkommt, ehe er einschläft nach dem strengen Tag.

»Wissen Sie, ich werde auch ein Kind bekommen, vielleicht in drei Wochen, vielleicht später. Die Leute sagen, man könne nie voraus die Zeit nennen.« Die fremde Frau nickt nur, aber das schützende Tuch löst sich mehr und mehr von ihrem Gesicht, bis die Bankschreibersfrau das ängstliche Schauen der anderen, die leise zitternden Lippen, das beinahe kindliche Gesicht ohne die Schatten des Fransentuches sieht. Der Christbaummann steht wortlos dabei, und wenn er auch drängen möchte zum Weiterfahren, bis die Bäume verkauft sind und die Schachteln mit dem gläsernen Tand leer werden, so weiß er nun doch, dass die zwei Frauen etwas anderes auszureden haben als das alltägliche Sorgen um die Notpfennige für drei Menschen, die das Frieren kennen und nirgends einen guten Platz haben. …

Elise vergisst Raum und Zeit, sie denkt nur an ihre Zeit, die bald zu Ende sein wird, und sie hat sich gefreut an dem Kind der armen fahrenden Frau. Sie schaut dem Wagen nach, als er weiterzockelt, sie vergisst über dem Wunder eines Kindes und einer stillen Mutter den Baum, den sie kaufen müsste.

Der Wagen zieht weiter, der Hund stellt sich mit der Treue eines Pferdes ins Geschirr, wenn die Räder vom langen Stehen festgefroren sind, und er hält viele Male mit der Gutmütigkeit eines bescheidenen Tieres, wenn sich wieder Haustüren öffnen und der Mann wieder Bäume anbietet.

An dem, was in der folgenden Nacht geschieht, trägt wohl Elise die Schuld. Aber man darf ihr diese Schuld nicht nachtragen, weil sie nicht so schwer wiegt wie ein Unrecht, wenn sie auch so ist, dass kluge Menschen lächeln dürfen.

Der Mann mit den Bäumen und der stillen Frau kommt von unten her nach dem Dunkelwerden wieder auf den offenen Platz mit den Giebelhäusern. Niemand hört auf dem mitleidigen Schnee das Geratter des Wagens, und die Nacht nimmt es auf, wenn der Mann seinem Hund zuweilen ein gutes Wort der Ermunterung sagt. Sie sind wohl auf der Heimfahrt, und der Wagen ist leer. Der Hund geht neben dem Fußsteig im stetig gleichen Trott dahin, bis zu den schmalbrüstigen Häusern mit Thomanns Kramladen, dem Fleischerladen und den zwei dürftig erleuchteten Fenstern des Herrn Egidius.

Dort, wo die junge Frau Elise aus einer Haustür getreten ist, bleibt der Hund stehen.

Mit guten Worten will der Mann ihn zum Weitergehen bringen, dann mit böser Härte, bis er hilflos seine Frau ansieht, der große Mann, der sich keine Hilfe mehr weiß.

Man wird wohl klopfen müssen an einem dieser Häuser, man wird um eine Suppe und um Brotbrocken bitten müssen, für den Hund, vielleicht auch um Milch für das Kind. Das eine wird man geschenkt bekommen, das andere wird man bezahlen, weil das Geschäft gut gegangen ist an diesem Nachmittag.

»Da seid ihr nun doch wieder«, sagt Elise ganz einfach. Sie sieht die leere Wagenbrücke, auf der kein Baum mehr liegt, und eine kleine Kummerfalte zieht sich über ihr Gesicht, als sie an den Mann denkt, den Bankschreiber, der enttäuscht war, weil nirgends in einem Winkel ein Baum gestanden hatte bei seiner Heimkunft von der Arbeit. Ein bescheidenes, kleines Bäumchen hätte es doch sein müssen. »Habt ihr gar keinen Baum mehr, liebe Leute? Gar keinen mehr?« Der Mann schüttelt den Kopf mit dem breiten Schlapphut drauf. Hunger hat er, aber er wird es nicht sagen vor dieser Frau, die auch alles nur mit Pfennigen eingemessen bekommt. Er möchte eine leere Suppe* und eine große Scheibe Brot haben für den Hund.

»Und so viel Milch, bitte, für das Kind!«, sagte die fremde Frau. Es ist das Erste, was sie spricht, seit diese Menschen sich kennen. Ihre Stimme ist so eigenartig klar, dass Elise an die frierende Turmglocke denken muss, die zu solcher Zeit hart und misstönig die Stunden schlägt. Es ist eben so gewesen bei der Bitte dieser fremden Frau, als hätte ein Kind mit unschuldigem Finger an eine ganz reine Glocke gepocht, und den Klang haben sie alle gehört auf der Seite des Platzes.

Die Nacht ist von der großen Stille zugedeckt, die es nur um die Zeit der heiligen Nächte gibt, wo es sich weisen muss, ob die Nacht Herr wird über die Zeit oder der Tag, den man zusammengeengt hat auf wenige helle Stunden. …

Einmal geht leise noch eine Tür.

Es muss eine Tür nach der Straßenseite sein, jemand geht noch in die Nacht hinaus, der Amtsanwalt vielleicht, von dem man sagt, dass er ein Sonderling sei.

Der Schnee knarrt nicht mehr, wie er es am Nachmittag getan hat. Es schneit seit zwei Stunden in dünnen Fäden nieder, und jeder Tritt, der nun auf diese Watte gesetzt wird, ertrinkt lautlos in der Finsternis, die einen weißlich schimmernden Boden hat.

Am Morgen dann steht tief verschneit ein vergessener Wagen neben der Baumreihe, unbemerkt und ohne jede Bedeutung. Die Geschäftigkeit der Menschen macht aus dem Tag einen wichtigen Tag, man streitet wieder bei den Bürstenmacherleuten, der Bäcker Pohl räumt wieder den Schnee beiseite von einem Rinnenständer seines Hauses bis zum

---

* Leere Suppe: klare Brühe

anderen, Egidius geht menschenscheu ins Amt, und Lucie beredet an der Tür mit ihrem jungen Taugenichts die schöne Zeit, die kommen wird. Thomann und seine Frau wundern sich darüber, dass in dieser Nacht nichts Absonderliches geschehen ist, denn es war eine eigenartige Nacht mit viel Unruhe, die man nicht hörte, die sich nur quälend an die Menschen legte, dass der Schlaf ausblieb.

Da tritt, eine Stunde nach dem Beginn der großen Geschäftigkeit, die junge Frau des Bankschreibers aus der Tür, ein Kind im Wickelkissen auf den Armen tragend, um den Menschen zu zeigen, was ihr aus dieser Nacht verblieben ist. Es ist ja nur Glück für ein paar Stunden, dann wird die fremde Mutter ihr Kind wieder in das Fransentuch hüllen, sie wird sich wieder auf den kleinen Wagen setzen, und der mächtige Hund wird die leichte, wunderliche Fracht fortziehen. Lucie ist klüger als die Leute an der Sonnenseite des großen Platzes, und ihr Lächeln ist ein wenig Spott, als sie die kleine Szene besieht. Thomanns Frau aber, die in der Nacht schon etwas Wunderliches geahnt hat, befühlt das Kind und versucht in seinen wachen Augen etwas zu lesen, was in ein Kinderlächeln doch nicht geschrieben wird. Der Amtsanwalt sagt etwas Unartiges, als er auf dem Weg ins Gericht vorüberkommt. Er liebt so unbeholfene Scherze, und es ist wohl gar nicht so schlimm gemeint, wenn er mit seinem Gehstock an das Wickelkissen stößt, um so das Kind zum Schreien zu bringen.

Sogar Bürstenmachers Kathrin kommt hinzu und schaut eine Weile in das Gesicht des Kindes. Sie tastet an die kleinen Lippen des pfenniggroßen Mundes und ist zufrieden, als das Kind den rauen, zerarbeiteten Finger nehmen will.

Ein kleines Lächeln, wie ein schmaler, vorbeiziehender Streifen Sonne, spielt für einen Augenblick um die Häuserseite, und die Menschen, die hier beisammenwohnen, tragen dieses Lächeln weiter. Elise will das Kind für eine Weile um sich haben, immer wieder für eine kurze Weile, und die fremden Leute wehren es ihr nicht, denn die Stube ist warm, und man wird noch lange Winter haben, wenn man aus dieser kleinen Geborgenheit weiterzieht. Mit Elises Bitten und der gerngebotenen Nachgiebigkeit der fremden Leute geht der ganze Tag noch hin, man schläft wieder unter billigen Decken auf dem Boden, aber vor dem Tagwerden zieht man dann weiter, in den Winter hinein, der unerwartet eine gute Tür aufgetan hat bei einer Frau, die Mutterhoffnungen trägt.

Das Dankwort zum Abschied klingt wieder so glockenklar in die vergehende Nacht, dass Thomanns Frau das Fenster öffnen muss, um auf den Platz hinauszuhorchen. Im Morgendunst sieht sie nur noch ein paar seltsame Schatten verschwinden, die Gestalt eines Mannes und das Bild einer Frau, die ein Kind trägt. Neben ihnen beiden zeichnet sich mächtig die Gestalt eines Zugtiers. Dann fällt die beißende Kälte über die Neugierige her und drängt sie zurück ins Haus.

Von dieser Minute an geht und geht Marianne immerzu. Sie hat es gesehen, dass die heilige Flucht bei den Bankschreibersleuten nebenan eingekehrt ist, um vor dem traurigen Weiterziehen zwei Nächte und einen Tag dort zu bleiben. Was Marianne gesehen hat im Morgendunst, das sollen alle Menschen wissen, aber sie werden lachen über Mariannes Erzählung, denn sie haben alle ja den Wunderglauben nicht mehr. Darum muss Thomanns Frau, die geschwätzige, weitherum neues Wissen zu erforschen versuchen und ihr unbestimmtes Wissen nur mit ungefähren Worten weitersagen. Denn sie will nicht, dass man sie und ihr kleines Ladengeschäft lächerlich nehme. Behutsam fragt sie bei Bürstenmachers Kathrin um die Dinge herum, aber Kathrin macht große Augen, in denen es nur für einen Augenblick aufleuchtet. Sie wird sogleich wieder mit ihrem Mann zanken. Aber etwas hat sie aus dem ungewissen Reden gehört, etwas von der Frau nebenan, von der blassen, schmalen Schreibersfrau, und von einem Kind.

Dieses verschämte Erzählen der alten Marianne von einem Kind, das ein Wunder sein müsse, findet zu allen Leuten des Gassenflecks, zu allen gleich wunderlich. Egidius zwar weiß gar keine Antwort auf dieses Reden um ein Kind, aber Lucie ist tief verwundert, als Marianne von ihr wissen will, ob sie sich auch so freuen könnte auf ein kommendes Kind. Lucie tut diese Frage mit einem leichtsinnigen Lachen ab, aber nachdenken muss sie doch, und am Abend wird sie ihren Geliebten, den man ihr nicht lassen will, um das Gleiche fragen: ob er sich einmal freuen könnte auf ein Kind, so wie der Bankschreiber, dessen Kind bloß Nöte erwarten. Der Bäcker Pohl streut Sand auf das blankgefrorene Pflaster, damit niemand zu Fall komme vor seinem Haus, kein gebrechlicher Mensch, kein Kind und erst recht keine Mutter, die im Kindeshoffen nur unsicher zu gehen vermag.

Marianne, die geschwätzige, die gefürchtet hat, dass oberflächliche Menschen lachen werden über ihr Wunderreden um die zarte, schmale Mutter und ein Kind, das aller Menschen Kind sein soll, bestaunt großäugig das weitere Werden, und während es ihr unendlich schwer wird, das eine zu verschweigen, was sie leibhaftig gesehen und gehört hat, sitzt der alte Thomann wieder im Laden mit gespreizten Armen, denn die Frau wird Kinderjöppchen stricken müssen, ein halbes Dutzend Kinderjöppchen, damit das Kind der Bankschreibersleute nicht frieren soll. Und Lucie, die eigensinnige, führt ihren Geliebten eines Tages in die drei Zimmer der kleinen Leute, weil das leise Raunen um das Wunder einer Mutter und eines Kindes nicht zum Schweigen kommen will. Er kommt und spricht und staunt, und er weiß dann doch, dass er die Hand nicht hat, um in Stein zu hauen, was er gesehen hat. Gar nichts aber ist in den engen Zimmern als eine Frau, die sich des Mutterseins freut und von den anderen an der Gassenseite weiß, dass sie ihr alle Liebe tun möchten, wenn sie nicht gelernt hätten, wortkarg und absonderlich, und vielleicht sogar bös nebeneinander zu leben.

Es ist ein wunderliches Tun, wenn an jenem Tag dann die fremden, unbeholfenen Menschen in das Mutterzimmer kommen, die Mutter begütigen, das Kind leis betasten, mit schweigenden Lippen ein wenig Gutes reden, weil der Mensch doch gut sein muss, wo eine alte Frau flüsternd von dem Großen gesprochen hat, was die Menschen in seinem Wundersinn so schwer begreifen, weil die Gassen zumeist laut und böse sind.

Die Christrose

Sophie Reinheimer (1874–1935)

Ganz hinten im tiefverschneiten Park stand eine alte Mauer. Im Sommer waren hier Rosen gewachsen: lustige, kleine rosenrote Kletterröschen, die überall an der grauen Mauer hochstiegen, sie fein ausputzten, und ihre Rosenblättlein an ihr altes, runzliges Gesicht lehnten. Diese Röslein vermisste die Mauer jetzt im Winter sehr.

»Ach, war das eine schöne Zeit, als sie noch da waren«, sagte sie zum alten Tannenbaum, der neben ihr stand. »Wie haben ihre roten Plappermäulchen uns die Zeit vertrieben, wie lustig war es, wenn der Wind sie am Röckchen fasste und sie tanzen ließ.«

Der Tannenbaum sagte nichts. Fest in seinen weißen Schneemantel gehüllt, stand er da und sah vor sich hin; aber man merkte es ihm deutlich an, dass auch er sehnsüchtig an die roten Röslein und die lustige Sommerzeit dachte. »Wenn ich nur noch eins von der kleinen Gesellschaft hier hätte – was gäb' ich drum!«, fing die Mauer wieder an. »Von dem Schnee, der auf mir liegt, würde ich ihm ein weißes Mäntelchen und Kapuzchen machen – das würde niedlich zu seinem roten Röckchen und zu den roten Backen stehen!«

Da sagte der Tannenbaum: »Es ist schon gut so. Man muss auch nicht nur an sich denken. Das zarte Rosenkind würde jetzt im kalten Winter sicher frieren und würd' sich fürchten so allein hier, ohne all seine Schwestern.«

Darauf sagte die Mauer nichts mehr, beide sahen stumm in den stillen Park und auf den weißen Schneeteppich zu ihren Füßen.

Weihnacht kam heran. Durch die kahlen schwarzen Bäume sah man draußen auf der Landstraße das gelbe Postauto fahren, es war beladen mit braunen Paketen und grünen Christbäumchen. Das war aber auch alles, was die Mauer und der Tannenbaum von Weihnachten zu sehen bekamen. Das Christkind kam nicht, kein Weihnachtsmann kam, aus dessen Sack vielleicht ein Apfel oder ein Spielzeug, eine goldne Nuss oder ein Lebkuchen hätte herausgucken können. Auch nicht das kleinste goldne Engelshaar hatten die Englein verloren! Alle mussten einen anderen Weg gegangen sein – die Mauer und der Tannenbaum wurden immer stiller und trauriger.

Still und stumm war es in dem starren, weißen Garten. Wohl waren die Sterne gekommen, und der Mond mit seiner silbernen Laterne leuchtete wie alle Abende auf den Schnee – aber dazu brauchte es doch nicht erst Weihnachten zu sein!

Nun läuteten die Glocken.

Ganz vorn im Park, im Wohnhaus, blinkten Lichtlein auf. Hinter den hellen Fenstern feierten die Menschen jetzt Weihnacht. Plötzlich leuchtete hinten in dem einsam stillen Park etwas gelbgolden aus dem Schnee heraus.

War ein Sternlein vom Himmel gefallen? War es eine Blume?

Jetzt im Winter, wo die Erde gefroren ist und überall Schnee liegt, wachsen doch keine Blumen! Die schlafen alle ganz fest und kommen erst im Frühling wieder.

Und doch: Sieht das nicht aus wie ein duftiges, weißes Blütenkleid? Wie goldne Härlein, die darüberflattern?

Das Röcklein ist vom Schnee ganz nass! Die Wurzelfüßchen müssen frieren in der kalten Erde!

»Wer bist du denn?«, fragte die alte Mauer. Sie wusste vor Staunen nicht, was sie sagen sollte.

Auch der Tannenbaum war ganz starr vor Überraschung.

»Ich heiße Christrose«, sagte die weiße Blume.

»Aber wie kommst du hierher? Es ist jetzt mitten im Winter! Frierst du denn nicht schrecklich in dem leichten Kleidchen? Warum kommst du gerade jetzt zu uns?«

»Ich habe gehört, wie ihr euch nach den Sommerröslein sehnt. Da bin ich gekommen, euch ein bisschen zu trösten und euch von Weihnachten zu erzählen, wenn ihr wollt.«

Und nun erzählte die Christrose von Weihnachten im Himmel und auf der Erde. Wie die weißen Wolkensäle oben im Himmel schimmern und leuchten, und wie die Sternlein glänzen. Wie die große Engelschar und alle Himmelsbewohner dem Christkind, das heute Geburtstag hat, Gaben bringen. Die Sonnenstrahlen schenken ein neues goldenes Krönchen. Die Engel bringen ein neues Gewand, gewebt aus dem zarten Blau des Himmels. Und was flimmert und glitzert darauf wie lauter Edelsteine? Das sind Tröpfchen, die die kleinen Regenwolken darübergestreut haben.

Dann kommt der Mond, er sagt, er sei ein armer Mann und habe nichts zu verschenken. Aber um auch etwas zu geben, bestrahlt er das neue Christkindkleid mit seinem silbernen Licht.

»So, nun wird es leuchten, wenn das Christkind abends durch die dunklen Wälder fliegt«, sagt er zufrieden und zieht weiter am Himmel.

Nun singen die Englein noch ein Weihnachtslied. Wunderlieblich klingt es durch den Himmelssaal, und Herr Petrus lugt durch die Türritze und möchte auch lieber darinnen sein, als draußen Wache zu halten.

Dann erzählt die kleine Christrose von Weihnachten auf der Erde. Wie überall Lichtlein brennen, in jedem Hause, auf dem Tannenbaum, zwischen bunten Ketten und Kugeln und Gold- und Silbergespinst; wie unter den Lichtchen Puppen und Puppenstuben, Pferdchen und Wagen, Spiele und Eisenbahnen liegen, und wer weiß was noch! –

Wie die kleine weiße Blume draußen im Schnee im einsamen, dunklen Park das alles erzählte, merkte man gar nichts mehr von der Dunkelheit. Ein Strahlen war auf einmal ringsum und ein Leuchten – es war, als sei der ganze Himmelsglanz mit allen Sternen, allen Lichtern und allen Diamanten rings auf den weißen Schnee flimmernd und glitzernd niedergefallen. Mit der kleinen Christrose war das Wunder der Weihnacht gekommen.

II

»Ein Zeichen«
(Jesaja 7,14)

HIRTEN

Ein Zeichen

Der Prophet Jesaja (ca. 740–701 v. Chr.)

Der HERR sprach weiter zu Ahas
und sagte: Erbitte dir ein Zeichen
vom HERRN, deinem Gott,
tief zur Unterwelt oder hoch nach oben hin!
Ahas antwortete: Ich werde um nichts bitten
und den HERRN nicht versuchen.
Da sagte er: Hört doch, Haus Davids!
Genügt es euch nicht, Menschen zu ermüden,
dass ihr auch noch meinen Gott ermüdet?
Darum wird der HERR selbst euch ein Zeichen geben:
Siehe, die Jungfrau hat empfangen,
sie gebiert einen Sohn
und wird ihm den Namen Immanuel geben.

Jesaja 7,10–14

Vom Zeugnis der Hirten

Jacobus de Voragine (1228/29–1298)

Zum vierten gaben Zeugnis die Kreaturen, die Sein und Leben und Fühlen und Verstehen haben, als die Menschen; das waren die Hirten, die zu derselben Stunde bei ihren Herden wachten. Solches taten sie das Jahr zweimal, in der längsten und in der kürzesten Nacht des Jahres. Denn es war eine Sitte bei den Heiden von alters her, dass sie zu beiden Sonnenwenden bei den Herden wachten; das war im Sommer um das

Fest Johannes des Täufers, im Winter um die Zeit der Geburt des Herrn; das taten sie zu der Sonne Ehren, die sie anbeteten. Die Juden aber hatten diesen Brauch wohl von den umwohnenden Völkern an sich genommen. Diesen Hirten erschien der Engel des Herrn und kündete ihnen die Geburt des Heilands und gab ihnen das Zeichen, wie sie ihn finden sollten. Alsbald war bei dem Engel die Menge der himmlischen Heerscharen, die sprachen: »Ehre sei Gott in dem obersten Himmel und Friede den Menschen auf dem Erdreich, die guten Willens sind.« Die Hirten aber gingen hin und fanden alles, wie es ihnen der Engel verkündigt hatte.

Hirten auf dem Feld

Leo Weismantel (1888–1964)

Jene Nacht war eine Nacht wie alle Nächte, bis die Hirten eine Unrast anfiel wie die Schwüle eines angehenden Gewitters, ohne dass sie mit ihren Sinnen ein Sichtbares sehen, ein Greifbares greifen konnten. Eine beklemmende Angst überfiel sie, ihre Tiere lagen am Boden und zitterten, und die Köpfe der Schafe suchten hilflos umher.

Es war dies so, wie auch in Gegenden in der Heide von Schäfern berichtet, dass sie eine Angst in der Einsamkeit überfällt und ein tiefes Grauen, bis ihnen ein Gesicht aufbricht, das die Schäfer das zweite Gesicht nennen, in dem sie Vergangenes oder Zukünftiges oder doch dem Leibesauge Verborgenes gewahr werden.

Diese Angst kannten die Hirten von Bethlehem, diesmal war sie anders – es war, als bräche der Himmel auseinander und tue sich auf – da gewahrten sie einen Engel. Er stand mitten auf der Weide, trat zu ihnen hinzu und redete sie an: »Fürchtet euch nicht«, sagte er, »ich bin gekommen, euch eine große Freude zu bringen. Seht, ich verkünde euch, dass in dieser Stunde Christus, der Heiland der Welt, auf den die Völker harren, in der Stadt Davids geboren worden ist. Ihr werdet ein Kindlein finden, in eine Krippe gelegt und in ein Tüchlein gebunden – dies ist der Herr!«

Kaum, dass der Engel dies gesprochen hatte, brach der Himmel über den Hirten von Bethlehem auseinander und unzählige himmlische Heerscharen wurden sichtbar, sie sangen und trugen ihr Lied auch auf Bändern geschrieben und hielten es in die Lüfte – so sangen sie und so stand es geschrieben: »Gloria in excelsis Deo – Ehre sei Gott in der Höhe und Friede den Menschen auf Erden, die eines guten Willens sind.«

Dann schloss sich der Himmel wieder und die Erscheinungen waren entrückt. Noch hielt die Hirten eine namenlose Verwirrung ergriffen. Wieder standen sie allein auf dem Feld, die Herden sprangen auf und rannten wie von einer jagenden Stimme getrieben gegen die Stadt. Ein Wind rannte über das Feld.

Da gewahrten die Hirten ein Leuchten vor der Stadt – es war jenes alte verlassene Stallgemäuer, in dem Maria und Josef Schutz gefunden hatten. Die alten Mauern waren durchglüht von einem blauen geheimnisvollen Licht, und wie ein Regenbogen in den Lüften stand aus der Erde aufgewachsen der Palast des Königs David wie aus Schleiersteinen aufgebaut dort im alten Gemäuer.

Einen Augenblick gewahrten das so die Hirten von Bethlehem. Dann erlosch die Erscheinung wie eine Abendröte.

Die Nacht war finster und voll rauschender Winde.

Da liefen die Hirten ihren Herden nach und kamen zum Stall und fanden das Kind in der Krippe, wie der Engel es ihnen gesagt hatte.

Der Hirte und das Licht

Karl-Heinz Ronecker (1936–2019)

Als die Hirten nach Bethlehem zogen, blieb einer der alten zurück. »Irgendjemand muss doch nach den Tieren sehen«, sagte er, als sie ihn fragten, ob er nicht doch mitkommen wolle. Die Wahrheit aber war, dass er sich vor der Enttäuschung fürchtete. Er hatte schon zu oft erlebt, wie rasch Hoffnungen zerbrechen. So beruhigte er die Tiere und sah den Gefährten nach, wie sie in der sternenklaren Nacht zum Dorf gingen. Er meinte auch, einen Lichtschein zu sehen, der sie erwartete. Doch bald entdeckte er ganz in seiner Nähe ebenfalls ein Licht. Woher es kam, konnte er sich nicht erklären. Sollte es ein Irrlicht sein? Aber es tanzte nicht vor seinen Augen. Es stand ganz ruhig und klar.

Da erwachten die alten Sehnsüchte in ihm, das Verlangen nach Klarheit, die Hoffnung, mit der Vergangenheit fertig zu werden, die Sehnsucht nach Liebe und Glück. Darum versuchte er, das Licht zu ergreifen. Doch als er sich nähern wollte, wich es vor ihm zurück. Er eilte ihm nach. Er suchte, es in seine Hand zu bekommen. Am Ende geriet er jedoch ins Gestrüpp, und die Dornen zerrissen seine Haut. Als die anderen Hirten strahlend zurückkamen und seine blutenden Hände sahen, fragten sie ihn, was geschehen war. Bitter erzählte er ihnen, wie ein Licht vor ihm aufgeleuchtet sei. »Ich wollte es ergreifen«, sagte er, »aber es entzog sich mir immer wieder.«

Doch da antwortete einer, der noch älter war als er und dessen Gesicht wie von innen leuchtete: »Solange du das Licht fassen willst, wirst du es nicht erlangen. Betrachte es, staune darüber, und wenn du siehst, dass es von Gott kommt, bete es an. Dann wird es auch dich durchdringen.«

Der stumme Hirte

Elisabeth Heck (1925–2017)

Auch diesmal bleibt Andreas zurück. Die anderen eilen vor ihm her, um das neugeborene Kind im Stall zu sehen. Wie immer wird sein Abstand zu ihnen größer. Sie haben ihm das Schaf überlassen, das hinkt und deshalb mit der Herde nicht Schritt halten kann.

In ihrer Mitte fühlt sich der stumme Hirte nicht wohl. Wenn er ihnen mit Zeichen etwas zu verstehen geben will, schütteln sie die Köpfe oder zucken die Achseln. Auch begreifen sie seine Angst nicht, wenn er sich in der Nacht vor den Ästen eines knorrigen Baumes oder vor Steinen im Mondlicht fürchtet.

Am meisten scheut Andreas fremde Menschen, denn er sieht Mitleid oder Abneigung in ihren Gesichtern. So kommen die anderen ohne ihn zum Stall. Sie treten ein, um das Kind und seine Mutter zu sehen. Es liegt nur auf Stroh in einer Krippe, aber es ist ein besonderes Kind. Die Hirten betrachten es lange. Warum fängt es auf einmal so sehr zu weinen an?

Vor dem Eingang steht Andreas, der Stumme. Sein Schaf drückt sich herein in die Wärme des Stalls. Er aber bleibt draußen und macht seltsame Zeichen. Hat er damit das Kind erschreckt?

Die Hirten stecken leise beratend die Köpfe zusammen. Endlich geht einer von ihnen hinaus. Er sieht Andreas auf das Dach des Stalls klettern. Darauf liegt ein großer Stein, der es beschwert. Das Gesicht des Stummen ist verzerrt von entsetzlicher Angst. Der Stein auf dem Dach ist schwer und unförmig. Was mag Andreas Schreckliches an ihm sehen? Und warum wagt er es dennoch, ihn vom Dach herabzuwälzen? Die Hirten eilen herbei. Zu spät! Schon ist der Stein auf den Boden gerollt.

Sie beschließen, das Dach am nächsten Tag mit neuen Steinen zu beschweren. Dann gehen sie, um nach ihren Schafen zu sehen. Wo aber ist Andreas geblieben? Sein hinkendes Schaf scheint im Stall auf ihn zu warten.

In dieser Nacht kommt ein heftiger Sturmwind auf. Er reißt vom Stall einen Teil des Dachs weg. Die Mutter hat sich über das Kind gelegt, um es zu beschützen. Ihr Mann berührt sie an der Schulter, damit sie aufschaue. Er zeigt in die Höhe. Da ist kein Dach mehr über ihnen. Der Sturm hat sich gelegt. Ein wunderbarer Stern ist am nächtlichen Himmel aufgegangen. Er scheint herab auf das Kind. Es liegt ganz still und weint nicht mehr. Der Mann geht hinaus und sieht den stummen Hirten. Andreas sitzt auf dem großen Stein, den Kopf wie lauschend zum Stern aufgehoben. Der Mann sieht auch das Dach. Es ist vom Sturmwind auseinandergerissen. Wenn der schwere Stein in den Stall hinabgefallen wäre? Vielleicht hätte er das Kind erdrückt.

Davon erfahren am nächsten Tag auch die Hirten. Sie sind gekommen, um nach dem Dach zu sehen. Von da an wird Andreas, der stumme Hirte, in ihrer Mitte aufgenommen und von allen geachtet. Durch die Steinwüste lassen sie ihn vorangehen. Er selbst spürt keine Angst mehr, auch nicht während der Nacht.

Der blaue Hirtenmantel

Walter Leupi (*1922)

Vor zweitausend Jahren, als Kaiser Augustus über das römische Weltreich herrschte, zogen Hirten mit ihren Schafen über den kargen Boden zwischen Galiläa und der Wüste Juda. Damals war es bei ihnen Brauch, die Sonnenwende bei den Tieren zu verbringen. Dies fand zweimal im Jahr statt: in der kürzesten und in der längsten Nacht.

In Bethlehem nahmen es drei alte Hirten mit jener Sitte besonders genau: Gallus, Stichl und Witok. Alle im Städtchen achteten diese Hirten wegen ihrer lauteren Wesensart und ihrer frommen Einsichten. Tatsächlich kannten sie den Namen jedes Steins, wussten jede Blume zu benennen und gaben den Tieren von sich aus die richtigen Namen. Sie vermochten auch die Bahnen der Sterne zu zeichnen, schauten himmlische Geistwesen und wussten sogar, welche Aufgaben die Engel vom lieben Gott zugewiesen bekamen.

Ein Geheimnis teilten sie aber niemandem mit: die bevorstehende Geburt des Messias. Ihnen war nämlich offenbar geworden, der Sohn Gottes werde einmal als Kind auf der Erde geboren und dieses Ereignis finde in Bethlehem statt. – Doch zu welcher Zeit dies geschehen sollte, wurde ihnen nicht enthüllt.

Als zur Winterszeit die längste Nacht anbrach, kehrten Gallus, Stichl und Witok nicht nach Bethlehem zurück, sondern blieben draußen bei den Schafen. Ein frostiger Wind blies über die Steppe. Die Schafe schlossen sich eng zu einer kleinen Herde zusammen. Die Männer suchten Holz und machten vor der Grotte, in der sie übernachten wollten, ein Feuer. Witok fragte:

»Wann wird wohl das Gotteskind geboren?«

»Niemand weiß es«, antwortete Stichl.

Und Gallus sagte: »Wir sind schon alt. Uns bleiben nur noch wenige Jahre zu warten. Doch du, Witok, hast einen Sohn; der wird vielleicht einmal sagen: Ich habe den Christus gesehen.« Witok schüttelte betrübt den Kopf: »Mein Sohn Levi-Matthai will kein Hirte werden. Als Zwölfjähriger treibt er sich am liebsten bei der Garnison römischer Legionäre herum. Dort gibt's für ihn unterhaltsamere Dinge zu erfahren als bei unseren Schafen.«

Von Bethlehem zog sich ein steiniger Weg bis zum Weideplatz. – Kein Ton und kein Geräusch war zu vernehmen. Der Mond hing wie eine Silberkugel am Himmel, und Levi meinte sogar zu hören, wie das bleiche Mondlicht sacht über die Oleanderbüsche glitt.

Auf einmal wurde die Nacht stockfinster. Levis Füße mussten sich vorantasten. Wüstenfüchse folgten in einiger Entfernung. Ihre Augen leuchteten wie kleine Flämmchen, und nur wenn die scheuen Tiere die Lider schlossen, erloschen die Fünklein. Levi kam zu den Grotten, wo es nach Schafen roch. Die Hunde gaben Laut. Vor einer Höhle flackerte ein Feuer. Dort vermutete er seinen Vater Witok sowie Gallus und Stichl. Doch so sehr er nach ihnen rief und sie suchte, er fand die Männer nicht. In der Grotte aber lag wie hingeworfen ein Mantel. Levi erkannte ihn; er gehörte seinem Vater. Da er die Kälte der Nacht spürte, schlüpfte er in den übergroßen Mantel und legte Holz auf die Glut. Im flackernden Licht glaubte er manchmal seines Vaters Gestalt beim Höhlenausgang zu sehen. Aber immer war es eine Täuschung. Schließlich schlief er ein. Noch war es finster, als er erwachte. Das Lagerfeuer war längst erloschen und die Asche kalt geworden. Im Osten bildete sich langsam ein silbriger Streifen. In ihm erwachte der kommende Tag. Ab und zu reckte ein halbwaches Tier den Kopf und stieß dabei sein Gehörn in die Lenden des andern. Levis Lippen waren trocken, er band den Hirtenmantel enger. Dann ging er hinaus, um wieder nach den Männern zu suchen.

Plötzlich vernahm er Schritte und Stimmen. Er eilte ihnen entgegen. Aus der Dämmerung kam ein Mann auf ihn zu. Hinter diesem folgte ein Esel, auf dem eine Frau saß. Sie war in ein Tuch gehüllt und hielt ihre Arme wie eine Mutter, die ein Kindlein trägt. Der Mann wollte an Levi vorbeihasten. Doch die Frau sagte zu ihm: »Ich bin müde, Joseph. Wir wollen einen Augenblick ruhen.« »Rasten? Wir sind auf der Flucht! Dieser Hirte könnte uns verraten.«

»Wer bist du, Knabe?«, fragte die Frau.

»Levi-Matthai.«

»Suchst du deinen Vater? Diese Nacht haben uns drei Hirten in Bethlehem besucht. Vielleicht war er dabei. – Sie kamen, um unser Kindlein anzubeten.«

Levi verstand nicht, was die Frau meinte.

»Kommt«, sagte er, »in der Grotte könnt ihr euch ausruhen.«

Der Bub fasste den Esel am Halfter. Die sonst argwöhnischen Hunde folgten wedelnd. Die Schafe erwachten und drängten sich herbei.

In der Höhle legte die junge Frau ihren Überwurf ab, wickelte das neugeborene Kindlein hinein und bettete es behutsam auf den Boden. Sie fröstelte.

»Kalte Nächte machen mir wenig aus«, sagte Levi, als er sie vor Kälte zittern sah. »Nimm meinen Mantel.«

»Du guter Levi-Matthai! Der Himmel wird es dir vergelten.« Ihre Stimme klang weich und liebevoll: »Noch weißt du nicht, wem du den Mantel gegeben hast. Ich heiße Maria, und das Knäblein heißt Jesus.«

Zur gleichen Stunde jagten zwei Reiter daher. Wolken von Sand wirbelten hinter ihnen auf. Die Schafe stoben auseinander.

Vor Levi hielten die Reiter an. Ihre Hengste troffen vor Schweiß, Schaumfetzen hingen um das Zaumzeug.

»Ist dir ein Mann mit Weib und Kind begegnet?«, fragte der eine.

Levi antwortete nicht.

»Wo haben sie sich versteckt?«, schrie der andere.

Trotzig schwieg der Bub.

»Da drinnen könnten sie sein!«

Der erste Reiter wies zur Höhle.

»Dummkopf, das sind doch zwei Hirten. Einer trägt einen Schäfermantel. Wir vergeuden hier nur unsere Zeit. – Los, zurück nach Bethlehem!« Er gab dem Hengst die Sporen. Der andere Reiter sprengte ihm nach.

Maria trat aus der Grotte und umarmte Levi. »Du hast das Gotteskind gerettet. Da, nimm deinen Mantel wieder. Wir fliehen nach Ägypten und brauchen ihn nicht mehr. Trag Sorge zu ihm. Wenn das Jesuskind zum Mann herangewachsen ist, wird es dich daran wiedererkennen.«

Levi starrte den Mantel an: Die Farbe des Mantels war mit einem Mal blau!

Dreißig Jahre später kam Jesus Christus mit elf Jüngern in Kapharnaum an einem römischen Zollhaus vorbei. Unter den Zöllnern befand sich einer in einem ausgetragenen Mantel. Jesus redete den Mann an:

»Du bist Levi-Matthai! Von jetzt an sollst du Matthäus heißen.«

Der Zöllner war fassungslos. Er fiel vor Jesus auf die Knie und stammelte: »Wie lange habe ich gewartet! Sieh, Herr, mein Mantel ist abgenutzt und hat in der langen Zeit seine blaue Farbe verloren. Trotzdem hast du mich erkannt!«

Da segnete ihn Jesus, hieß ihn aufstehen und sagte: »Du wirst als mein Begleiter noch andere Zeichen und Wunder sehen. Komm mit!« Und der Zöllner wurde der zwölfte Apostel.

Der einsame Hirte

Helmut Schilling (1906–1984)

Es lebte in der Gegend von Bethlehem, wo die Rinder und weiter oben an den Hängen die Schafe und die Ziegen weideten, ein uralter Hirte. Ihn kannten die Schäfer alle, obwohl er sich kaum mehr von seiner ärmlichen Hütte wegbewegen konnte und so gebrechlich war, dass ihn die Knaben für einen Sterbenden hielten: »Ihm nisten ja schon die Vögel in seinem weißen, wirren Bart!«

»Warum lebt er noch?«, fragten sie an diesem Abend, der so wundersam viele Sterne in den Himmelsraum holte und heilig aussah wie ein ganz spätes Gebet der Welt. Die älteren Hirten vermochten nur zu entgegnen, dass der Einsame schon seit Menschengedenken einem absonderlich frommen Glauben huldige und auf einen König warte, der ihn, den Ärmsten, seinen Bruder nennen werde.

»Bruder!«, dachten die Knaben und lächelten, weil sie den Greis in Kot und Armut seiner unköniglichen Behausung wussten.

Am gleichen Abend aber mühte sich der Verlassene vor der Hütte plötzlich um so erstaunliche Gebärden, als wolle er die Schäfer herbeiwinken und ihnen bisher Unausgesprochenes sagen. Die ihn in diesem jähen Gehaben erblickten, näherten sich scheu und gewahrten in seinen schon halb erloschenen Augen einen jungen Glanz, und die zerfetzten Felle schienen wie ein priesterliches Gewand seinen mühsam gereckten Leib zu hüllen. Doch das verklärte Lächeln war seine ganze Sprache.

So umstanden sie den Zitternden und Stummen, rätselnd, was er wohl Überraschendes erlebt habe, denn das Gelände lag wie stets als eine Einsamkeit. Stein und Stern blieben immer dieselben. Welche Schau mochte ihn in der Stille des Abends so machtvoll ergreifen? »Ist es der fremde Wanderer, der sein Weib dort unten auf dem Eselein vorüberführt und nach den Ställen von Bethlehem bringt?«, fragte schließlich ein Hirte.

Da nickte der Greis, gebannt in die Niederung blickend.

Ihnen aber erschien das Gebaren des Uralten wie ein Wunder. Nie hatten sie ihn so gesehen, befriedet und gesammelt wie vor einem letzten schönen Schrei. Sie rieten schweigend an seiner seltsamen Größe und gingen wieder in die Felder, wo sich Vereinzelte abermals zusammenfanden, und endlich, zögernd, doch wie unter priesterlicher Weisung, stiegen sie hinab in die Ställe von Bethlehem, zu erkunden, was der Sonderling an frommem Geschehen ahnen mochte.

Er schaute ihnen nach. Wie gewaltig war diese Nacht! Ein Stern, golden an Licht, stand zu Häupten und zog brüderlich aus tiefsten Himmelskreisen alle übrigen Sterne in gemessenem Wogen herauf. Das Land öffnete sich weit überschaubar, dunkel und licht zugleich. Die Steine waren Altäre und alle Wiesen heilig.

Jetzt brach in einmaligem Aufhellen ein Glanz über die Erde, als neige sich der Himmel mit seinen Sternen zu ihr. Jegliches Ding ward liebreich überleuchtet. In diesem Schimmer gebar sich etwas Neues, wunderbar Vereinigendes und berührte die Augen mit so übermächtigem Licht, dass sie beglückt und benommen erloschen.

Spät glitt der Morgen herauf. Irgendwo jubelten Posaunen. Traum in den Gesichtern, kehrten die Hirten zurück. Zum ersten Mal pilgerten sie zu dem Einsamen, den Morgengruß zu bringen.

»Er ist tot!«, sagte ein Knabe, als sie den Gebrochenen ehrfürchtig umstanden.

»Tot«, nahm einer das Wort wieder auf. »Oft muss die Hoffnung sterben, weil die Erfüllung da ist.«

An der Krippe

Alfred Müller-Felsenburg (1926–2007)

Draußen auf den Feldern lag die Dunkelheit wie ein fadenscheiniger Mantel, der von recht vielen Löchern, den Sternen, durchbrochen wurde. Der Wind pfiff und heulte, dass einem einsamen Wanderer grauen mochte. Es war indessen niemand mehr unterwegs, wollte man von denjenigen absehen, die sich um ein Lagerfeuer geschart hatten und die Kälte bei freundlichen Geschichten zu vergessen suchten.

Halt! Es war doch jemand auf dem Heimweg. Kein Mensch! Eine Maus trippelte auf schlechten Feldwegen ihrem Loch zu, das sich an der Rückwand eines alten, verfallenen Stalles am Rande der Ortschaft befand. Aufseufzend verhielt das Mausetier, stellte sich auf die zierlichen Hinterpfötchen, strich blitzschnell mit dem rechten Vorderfuß über das spitze Schnäuzchen und sagte jammernd: »Ach, es ist ein Kreuz mit dieser Welt. Nun laufe ich schon den lieben langen Tag durch die Felder, suche hier etwas, finde dort wenig, habe Angst und Sorgen – und warum? Weil der schwarze Wirtshauskater heute Morgen so lüstern über meinen Weg strich, dass ich glaubte, er habe mich gewittert und wolle mir den Garaus machen. Hoffentlich hockt der finstere Bursche nicht wieder an der Stallecke.«

Das Mäuslein konnte beruhigt sein. Vom schwarzen Kater war nicht ein Schnurrbarthaar zu erblicken. Aufatmend verharrte die Mausedame vor dem Tor. Ihre schwarzen Knopfaugen musterten wieselflink alles im Umkreis. Schon wollte sie – husch! – durch eine Ritze schlüpfen, als die sich öffnende Stalltür ihr einen neuen Schrecken einflößte. »Will denn diese Unruhe niemals ein Ende nehmen?«

Ein großer Mann wurde einen Augenblick im Lichte einer Laterne sichtbar. Seine Schultern waren von einem dunkelbraunen Umhang bedeckt. Die Füße staken in schweren, festen Stiefeln. Vom Gesicht war nichts zu erkennen. »Allerhand!«, murmelte die Maus. »Was haben die Menschen mitten in der Nacht im Stall zu suchen? Schlaf täte ihnen besser. Wie komme ich bloß ungesehen zu meiner Behausung?«

Die große Sorge der kleinen Maus war unbegründet. Der Mann kümmerte sich nicht um das, was auf dem Erdboden vor sich ging. An Mäuse dachte er in diesem Moment schon gar nicht. Stattdessen blickte er zum Himmel empor und murmelte leise vor sich hin. Die Maus beobachtete ihn eine Weile und schickte auch einen Blick empor.

Was sie dort erschaute, war ihrem Herzen schier unbegreiflich und dem Mauseverstand sehr erstaunlich. Der dunkle Nachtmantel des Himmels schien mitten entzweigerissen zu sein. Wo sonst Sternpünktchen geflimmert hatten, breitete sich ein heller Glanz aus und floss über den weiten Horizont. Ein einziger Stern schwebte einsam und königlich über dem Stall. Die Maus konnte sich nicht erinnern, jemals während einer Nachtstunde ein solch leuchtendes Gebilde gesehen zu haben.

»Merkwürdig! Sehr, sehr merkwürdig!«, sagte sie deshalb. Dann verschwand sie mit einem kühnen Schwung hinter der Stalltür. Dort blieb sie lauschend und bebend sitzen. Der Mann hatte den wagemutigen Sprung nicht bemerkt. Seine Hände lagen gefaltet unter dem Umhang. Betete er? Ein blakendes Licht erhellte schwach den Raum. Von draußen schob sich der Sternenglanz durch die Spalten des baufälligen Hauses. Was die Maus im trüben Laternenlicht vorerst erkennen konnte, gab Anlass genug, empört zu sein. In der Ecke, wo gewöhnlich ein Strohhaufen das Mauseloch verdeckte, starrte die Öffnung wie ein drohendes Auge jeden Beschauer an. Die Maus fühlte ihr Herz stocken.

»Nun kann ich nicht einmal in meine Wohnung hinein. Wenn der schwarze Kater morgen hier umherstreicht, bin ich im Nu gefangen. Was mache ich nur?« Die Maus jammerte verzweifelt und lief ratlos hin und her. Sie achtete nicht auf die Lebewesen, die mit ihr im Stall waren. Der Esel schüttelte den langohrigen Kopf über die aufgeregte Person, und das Öchslein brummte missbilligend, weil es durch das Geraschel in seinem Nachdenken gestört wurde. Die Tiere hatten allen Grund, ungehalten zu sein, wachten sie doch bereits einige Stunden bei den Gästen, die sich eingefunden hatten. Ein recht seltsamer Besuch war gekommen. Jetzt bemerkte die Maus auch, dass außer den Tieren ein Mensch im Stall war.

Eine Frau saß, sanft schlummernd, neben der alten Krippe.

»Die darf ich nicht wecken. Sie schreit die Nachbarschaft zusammen, wenn sie so etwas wie unsereins sieht«, dachte die Maus und beschnupperte mutlos ihre Wohnung.

»Ich will doch einmal sehen, was sich in der Krippe bewegt. Etwas Lebendiges? Soll ich's wagen?«

Die Maus war, wie alle Mäuse, sehr neugierig. Das Knistern in der Krippe ließ sie nicht ruhig werden. Und wie es im Leben oft geschieht: Plötzlich hockte das Tier auf dem Krippenrand und starrte erschreckt auf das kleine Bündel.

»Nein, so etwas! Ein Menschenkind. Im Futtertrog, kaum zu glauben. Ein Neugeborenes gehört in ein warmes, weiches Bett. Auf Heu und Stroh hat man es hingepackt. Die Menschen sind mitunter unglaublich leichtsinnig. Soll sich der Bub eine tüchtige Erkältung holen? Und wie unordentlich das Stroh hineingestopft worden ist! Die Halme stechen doch durch die Windeln.«

Mitleidig schüttelte die Mausedame ihren spitzen Kopf. »Das kann nur der große Mann gemacht haben. Männer sind immer so ungeschickt, wenn sie Kinder versorgen sollen. Die arme Frau. Sie schläft. Wer weiß, warum sie ausgerechnet im Stall Zuflucht suchen musste. Eine arge Welt.«

Noch ehe man recht hätte begreifen können, was da vor sich ging, zupfte die Maus hier einen Strohhalm, dort ein Heufädchen zurecht, knabberte von der harten Holzkante einige seidenfeine Späne ab und schob sie dem Kind unter das Haupt. Geschäftig eilte sie hin und her. Ihre Umwelt hatte sie gänzlich vergessen. In ihrem Diensteifer bemerkte sie nicht einmal, dass der Knabe seine Augen aufgeschlagen hatte und das emsige Spiel der Maus verfolgte. Wie erschrak sie, als sie den Kopf hob und geradewegs in ein paar schimmernde Augensterne hineinschaute.

»Du hast mich erschreckt. Mein Herz klopft. Hörst du's? Ich dachte, du schliefest noch. Woher kommst du?«

»Weißt du nicht, wer ich bin?«, flüsterte das Kind.

»Nein, ich bin nur eine kleine Maus, eine Maus ohne Mauseloch.«

»Ich kenne dich. Ich kenne alle Lebewesen.«

Ungläubig sah die Maus auf das seltsame Kind. »Ist jene Frau deine Mutter?«, wollte sie wissen.

»Gewiss!«

»Und der Mann vor der Tür ist dein Vater?«

»Mein Pflegevater.«

»Hast du keinen richtigen Vater?«

»Doch, Gott ist mein rechter Vater.«

»Dann bist du der Sohn des Schöpfers?«

Die Maus verstand die Zusammenhänge der Welt nicht mehr. Was hatte der Sohn des Allgewaltigen in einer dürftigen Behausung zu suchen?

»Ich fürchte mich. Es geht nicht mit rechten Dingen zu.«

»Du brauchst keine Angst zu haben. Nichts wird geschehen, worüber du dich sorgen müsstest. Auch der Wirtshauskater wird dir nichts tun.«

»Was, den kennst du auch?«

»Ich sagte es doch, dass ich alle Lebewesen kenne.«

Die Maus setzte sich auf die Hinterpfötchen, kreuzte die Vorderbeine vor der Brust und verneigte sich zierlich und anmutig.

»Du brauchst dich nicht zu verneigen. Ich danke dir für deine Hilfe. Die Strohhalme stachen und kitzelten mich schrecklich. Aber nun geht es mir besser.«

»Als Mensch bist du sehr höflich und dankbar.«

»Pst, sei leise! Ich bekomme Gäste.«

»Wer sollte herkommen? Alle anderen Menschen schlafen.«

Der Klang schwerer Schritte drang in den Stall. Die schlafende Frau schrak auf und lauschte.

Der Maus wurde wieder bänglich zumute. »Wo soll ich mich verstecken?«

»Komm, schlüpf unter's Stroh. Dort sieht dich niemand.«

Ehe die Mutter sich über ihr Neugeborenes beugen konnte, lag die Maus tief versteckt im Stroh und blinzelte mit ihren dunklen Knopfaugen nach oben.

»Was geht da vor, Josef?«, fragte die junge Frau und öffnete die Tür.

»Einige Hirten sind hier, Maria. Sie sagen, ein Engel habe sie geschickt. Sie wollen zum Kind.«

»Tretet ein, draußen ist's kalt.«

Scheu und schüchtern schoben sich die Hirten in den Stall. Befangen scharrten sie mit den Füßen. Der älteste Hirte erzählte langsam und stockend, was ihnen auf dem Feld berichtet worden war. Maria lachte ein kleines, glückliches Lächeln. Es erhellte den armseligen Stall. Die Männer standen stumm vor der Krippe und ließen sich ungelenk auf die Knie nieder. Sie schauten dem Christkind in die offenen Augen, murmelten ein Gebet. Der eine schob ein Schaffell, der andere eine Lammmütze, der dritte gar einen kunstvoll geschnitzten Hirtenstab hinter die Krippe.

Ein zufriedenes, freudvolles Schweigen breitete sich aus. Nur der Hirtenjunge, ein Bub mit vorwitzigem, stupsnasigem Gesicht, mümmelte vor sich hin. Er könne das Kind nicht gut sehen. Niemand beachtete ihn. Da schob er sich schließlich flink und gewandt an den Männern vorbei, drängelte auch den einen oder anderen zur Seite und stand – wie konnte es dazu kommen? – neben der Mutter des Krippenkindes.

Seine kleine Bubenfaust griff vertraulich Marias Hand, und der Bubenmund fragte unbekümmert und gar nicht leise: »Ist das dein Junge? Darf ich mit ihm spielen?«

Der alte Hirte fuhr unwillig hoch; doch Maria wehrte seinen Einspruch ab, strich dem vorwitzigen Bürschlein übers verkrustete Haar und entgegnete:

»Gewiss! Doch er ist noch zu klein.«

»Dann warte ich, bis er größer geworden ist. Er wird mein Freund.«

Nun musste Josef, der ernste Josef, sein Lachen verbeißen. Er drehte sich zur Wand und schmunzelte in sich hinein. Der alte Hirte und seine Männer betrachteten verdrießlich und verdutzt ihren Jüngsten. Sie wagten jedoch nicht zu murren, weil die Nähe des Kindes jedes böse Wort verbot. Mit einem Kopfschütteln schickten sie sich in die sonderbare Lage. Der Hirtenknabe aber beugte sich mit einem strahlenden Lächeln im schmutzigen Gesicht über das Büblein in der Krippe und sagte: »Darf ich ihn mal antippen?« Maria schüttelte ein klingendes Gelächter aus ihrer Kehle und nickte gewährend mit dem Kopf.

Die Bubenfaust schickte einen verschmierten Zeigefinger aus und tippte auf die linke Hand des Kleinen. »Die andere Seite auch?« – Das Spiel wiederholte sich, und dann sprach der beherzte Knirps: »Und jetzt noch die Nase. Die ist so schön klein.«

Der Bubenfinger schraubte sich vor und – tipps! – auf der Nase des Christkindes blieb ein winziger Schmutzfleck zurück.

»Du bist das bravste Kind der Welt!«, stellte das Hirtenbürschchen fest. »Alle anderen Kinder schreien, wenn ich stupse. Dich mag ich.«

Er ließ sich auf die Knie nieder wie die übrigen. Sein Herz war randvoll gefüllt mit dem Glück der weiten, breiten Welt. Aber … aber … was war denn das?

»Das ist doch eine …!« – Die Augen und der Mund des jüngsten Hirten wurden rund wie drei O's. So rund kann die Erdkugel nicht sein. Der Bub hatte die Maus entdeckt.

Doch bevor er seinen Satz zu Ende sprechen konnte, fing er einen Blick des Krippenkindes auf. Das schüttelte verneinend mit dem Haupt und – blitzschnell begreifend, dass er die Maus nicht verraten sollte – schloss der Hirtenvorwitz das linke Auge und blinkerte damit, zum Zeichen, dass er verstanden habe. Und, oh Wunder, der Himmelsknabe blinkerte fast unmerklich zurück. Das Mäuslein war gerettet.

Die Hirten erhoben sich wieder. Sie hatten nichts bemerkt. Der alte Hirte strich mit seiner rauen Hand über den Rand der Krippe. »Wir müssen zu unsern Schafen gehen. Es tagt bald. Die Hunde werden sonst unruhig. Lebt wohl.«

Er wandte sich zum Ausgang. Die Männer erhoben sich wie der Alte, schauten den Herrn noch einmal mit ihren guten Gesichtern an, drückten Josef die Hand, verneigten sich vor Maria und stapften davon. Der Hirtenbub verließ als Letzter den Stall. Dreimal kehrte er wieder um und guckte durch eine Ritze, um noch einen Blick des Christkindes zu erhaschen. Dann rannte er geschwind seinen Gefährten nach. »Immer etwas anderes in deinem Schädel!«, brummte der Alte, als sie wieder gemeinsam dem Feld zugingen.

Der Junge antwortete nicht. Er wusste, dass der Hirte es nicht bös' mit ihm meinte. Nach einer Weile fasste seine Faust die Hand des betagten Mannes. Der lächelte. Beide gingen in einen neuen Tag. Als sie die Herden vor sich lagern sahen, reckte sich der Hirtenbub stolz auf: »Er ist mein Freund. Er hat mir zugeblinkert.«

»Lauf, Junge, pfeif den Hunden!«, erwiderte der Alte nur.

Von den Wiesen scholl Blöken und Gebell …

Von Hirten und Engeln

Theodor Leonhard (*1952)

Streit war ausgebrochen unter den Engeln. Die besten Sänger hatte ihr Herr zu einem Chor zusammengestellt. Mit feierlicher, fast etwas erregter Stimme hatte er sie mit einem besonderen Auftrag versehen. Sie sollten weit fort bei der Geburt des Sohnes ihres Herrn singen.

Auf dem Weg dorthin war nun Streit unter ihnen ausgebrochen. Zwei kleine Engelchen, auf der untersten Stufe der Engelhierarchie, behaupteten, der Herr hätte ihnen aufgetragen, sie sollten bei diesem Ereignis einen anderen Text singen. Bisher pflegten sie immer in den verschiedensten Variationen denselben Text zu singen: »Ehre sei Gott in der Höhe«.

Und es war wirklich beeindruckend, ihnen zuzuhören, was sie aus diesem Text mit ihren Instrumenten und mit ihren Stimmen alles herausholten.

Aber nun war ein Streit unter ihnen ausgebrochen. Jene zwei schon erwähnten Engelchen, das eine mit krummen Beinen, das andere mit weit abstehenden Flügeln, behaupteten, der Herr hätte ihnen dieses Mal einen anderen Text aufgetragen.

Einige der anderen Engel waren unsicher. Seltsam war es schon, wie der Herr zu ihnen gesprochen hatte. Aber der hatte manches Mal seine unberechenbaren Launen. Besonders auffällig war in der letzten Zeit seine offenkundige Sympathie für die Menschen auf der Erde. Das führte schon seit einiger Zeit zu seltsamen Entschlüssen ihres Herrn.

Der Höhepunkt dieser Sympathie für die Menschen war, dass der Herr ausgerechnet bei diesen Menschen seinen Sohn geboren werden ließ. Völlig unverständlich für die Engel. So musste wenigstens gerettet werden, was noch zu retten war, dachte sich der Erzengel und Obersänger. Das unverständliche Ereignis musste wenigstens mit himmlischer Sphärenmusik feierlich umrahmt werden. Die Menschen sollten bei dieser Geburt wissen, dass sie es mit dem Herrn und nicht mit einem ihresgleichen zu tun hatten. Der Erzengel und seine treuen Diener wussten, was sie ihrem Herrn schuldig waren.

Nur diese zwei Engelchen machten Schwierigkeiten und brachten Unruhe unter die Engelschar. Sie behaupteten, der Herr hätte ihnen einen neuen Text aufgetragen. Sie sollten nicht mehr singen: »Ehre sei Gott in der Höhe«, sondern: »Ehre sei Gott in der Tiefe«. So unrecht hatten sie ja gar nicht. Der Erzengel hatte es ja auch gehört. Aber das ging nun wirklich über seine himmlische Hutschnur. Das konnte nicht wahr sein, dass Engel plötzlich nicht mehr die himmlische Höhe, sondern die irdische Tiefe besingen sollten. So weit konnte auch ein Engel nicht den Launen seines Herrn folgen.

Und außerdem waren es ja zwei Engelchen ganz unten in der Hierarchie, die so stur auf dem neuen Text des Herrn beharrten. Die wollen sich doch nur wichtigmachen und sich in den Augen des Herrn hervortun. Man kannte sie ja, diese Unruhestifter, die immer etwas Neues wollten. Mit einem scharfen, fast drohenden Blick beendete der Erzengel den ausgebrochenen Streit. Er ermahnte die beiden Aufsässigen, sie sollten sich an das Gewohnte halten, ansonsten sei ihre himmlische Karriere beendet, bevor sie richtig begonnen hat.

Von weitem sahen sie die hell erleuchtete Stadt Jerusalem.

Aber der Stern, der ihnen als Wegweiser mitgegeben war, zeigte ihnen deutlich, dass ihr Weg weiterführte auf ein Hirtenfeld nahe bei dem fast unbekannten Provinznest Bethlehem. So richtige Stimmung wollte bei den Engeln in dieser Umgebung gar nicht aufkommen. Vor ein paar erschrockenen Hirten hatten sie noch nie Musik gemacht.

Nur zwei kleine Engelchen fielen den Hirten besonders auf, das eine mit krummen Beinen, das andere mit abstehenden Flügeln. Sie sangen besonders fröhlich und hüpften lustig auf dem Feld herum.

Und als der mit den krummen Beinen ganz nah an einem Hirten vorbeikam, flüsterte er ihm leise ins Ohr, sodass es der Erzengel nicht hören konnte: »Ehre sei Gott in der Tiefe«. Da wurde der erschrockene Hirte ganz froh, und später erzählte er es seinen Freunden und die wurden auch froh, und der neue Text des himmlischen Herrn hatte sich bald herumgesprochen.

Vom Himmel auf Erden

Werner Ilberg (1896–1978)

Das Kind war geboren, und dies war die Botschaft, die es brachte: Frieden auf Erden und den Menschen ein Wohlgefallen.

Hirten und Bauern hörten sie, und ihre Herzen schwollen in Hoffnung, denn die Zeiten waren schwer, und hart lag die Hand der Herren auf ihnen. Im Tempel feierten die Wucherer, gaben Feste und tanzten ums goldene Kalb. Der Schweiß der Armen verwandelte sich ihnen in süßen Wein, der ihnen zukam.

Als sie erfuhren von dem Kind, das den Armen die Botschaft vom Himmel auf Erden und vom ewigen Frieden brachte, begaben sie sich darum zu dem Mann, der der Stellvertreter ihres Gottes auf Erden war, und klagten das gerade dem Mutterleib entsprossene Kind an, dass es die öffentliche Ruhe und Ordnung störe. Der Gouverneur aber fragte, was für ein Kind das sei, welche besonderen Merkmale es habe, wo es wohne, auf dass seine Leute es greifen könnten. Da stellte sich heraus, dass die Kläger nur wussten, es sei eines armen Mannes Sohn, eines umherziehenden Zimmermannes, der manchmal auch die Felder pflügte und die Herden weidete. Aber, so sagten sie, seien der Mann und seine Nachkommen auch unbekannt, so seien sie doch gerade darum umso gefährlicher. Daraufhin befahl der Gouverneur, dass alle neugeborenen Kinder getötet würden.

Bald schon kamen die ersten Berichte in die Stadt, aber merkwürdig war die Kunde, die sie brachten. Sie erzählten, dass plötzlich und unvermutet alle die neugeborenen Kinder die Gabe der Sprache hatten, und das Wort, mit dem alle gleichermaßen starben, war dasselbe, das der Sohn des Zimmermanns gesprochen hatte, die Verheißung: »Friede auf Erden und den Menschen ein Wohlgefallen«.

Da zitterten die Wucherer, und Todesfurcht befiel sie. So gingen sie denn wiederum zu dem Mann und verlangten von ihm, er solle fortfahren mit dem Geschäft des Tötens. Der aber lächelte müde und sprach: »Wohl, meine Freunde, verstehe ich eure Furcht und teile sie sogar.

Auch dürft ihr nicht glauben, dass falsche Sentimentalität mich hindern würde, die Verfolgung mit aller Schärfe fortzusetzen. Aber wenn ich, um das richtige Kind zu finden, alle anderen töten muss, wessen Schweiß, glaubt ihr wohl, wird sich dann künftig für euch in Wein verwandeln? Und wer soll dann die Opfer bringen, die dem Herrn wohlgefällig sind?«

Da waren die Wucherer still und wussten nicht, was sie sagen und was zu tun sie empfehlen sollten. Und dabei war ihnen noch nicht einmal bekannt, was wir heute doch wissen: dass das Kind die Macht hat, von den Toten aufzuerstehen und dass es in jeder Generation wiedergeboren wird.

III

»Die Herrlichkeit des Herrn«
(Jesaja 60,1)

KÖNIGE

Die Herrlichkeit des Herrn

Der Prophet Jesaja (ca. 740–701 v. Chr.)

Steh auf, werde licht,
denn es kommt dein Licht
und die Herrlichkeit des HERRN
geht strahlend auf über dir.
Denn siehe, Finsternis bedeckt die Erde
und Dunkel die Völker,
doch über dir geht strahlend der HERR auf,
seine Herrlichkeit erscheint über dir.
Nationen wandern zu deinem Licht
und Könige zu deinem strahlenden Glanz.

Jesaja 60,1–3

Hirten und Könige

Hans Bethge (1876–1946)

Als die Heiligen Drei Könige zum Stall von Bethlehem kamen, fanden sie dort die Hirten vor, die von den Herden herbeigeeilt waren und die Krippe des Jesuskindes mit den schlichten Blumen ihrer Felder umschmückt hatten. Denn köstlichere Gaben besaßen diese Armen nicht.

Als nun die Heiligen Drei Könige ihre reichen Geschenke ausgebreitet hatten, staunten die Hirten über diese Kostbarkeiten und sprachen unter sich: »Was sollen unsere armen Blumen noch neben diesen Wunderdingen aus Silber und Gold? Sie werden dem Kind missfallen. Lasst sie uns entfernen.«

Aber siehe, da schob der Jesusknabe mit dem einen seiner Füßchen die leuchtenden Kostbarkeiten behutsam beiseite, streckte seine kleine Hand nach den Blüten aus und ergriff ein einfaches Gänseblümchen. Er hob es zu seinen Lippen auf und drückte einen Kuss auf seine Blütenkrone.

Seit jener Zeit haben die Gänseblümchen, die bis dahin völlig weiß gewesen waren, am Saum der Blätter ihre Rosenfarbe, die wie ein Schimmer der Morgenröte ist. Sie rührt von jenem Kuss des Gottessohns her.

Himmelskörper

Jacobus de Voragine (1228/29–1298)

Zum Dritten wurde die Geburt bezeugt von den leuchtenden Körpern, als von den Himmelskörpern. Denn es erzählen etliche, als Chrysostomus schreibt, dass an dem Tag den Magiern, da sie auf einem Berg beteten, ein Stern erschien in eines schönen Kindleins Gestalt, ob dem Haupt leuchtete ein Kreuz; und das Kind sprach zu ihnen: »Macht euch auf nach Judaea, da findet ihr das Kindlein geboren.« Auch erschienen desselbigen Tages drei Sonnen in Orient, die gingen bald zusammen zu einer Sonne; zum Zeichen, dass der Welt nahte die Erkenntnis der Dreifaltigkeit in einem Wesen; oder dass der eine geboren sei, in dem diese drei: Seele, Leib, Gottheit, zu einer Person waren gekommen.

König Melchior und das Kamel

Margarete Kubelka (1923–2000)

Es geschah zu der Zeit, als der König Melchior aus dem Morgenland sich aufmachte, um dem Stern zu folgen. Er hatte keine Zeit, um das übliche Gefolge zusammenzustellen, das ihn auf seinen Reisen zu begleiten pflegte: die Würdenträger in Gold und Purpur, die seinen Rang bestätigten, die nur mit einem Lendentuch bekleideten Kameltreiber, die für die Packtiere verantwortlich waren, und die Speerwerfer und Keulenschwinger, die für die Sicherheit des Unternehmens zu sorgen hatten. Es musste alles sehr schnell gehen. Die Würdenträger waren auch nicht nötig, denn der neugeborene König, den der Stern verheißen hatte, sah nur auf das Herz und die Gesinnung, das fühlte Melchior ganz deutlich. Also würde er allein reiten, auf seinem Lieblingskamel Shebab, und neben etwas Nahrung für den Leib und einem Schlauch für das Trinkwasser nur ein Geschenk für das Kind mitnehmen, ein Kästchen mit Weihrauchkörnern, Symbol und Huldigung für den königlichen Stand.

Shebab, das Kamel, war ein geduldiges Tier. Es ließ sich beladen und mit dem goldgestanzten Sattel des Königs versehen, über dem der bestickte Baldachin angebracht wurde, der den hohen Reiter vor der sengenden Sonne schützen sollte. Es wehrte sich nicht gegen die Beutel mit Brot und Käse und die Wasserschläuche, es erhob sich einfach von seinem Lager auf der Erde, stellte sich auf seine Beine und begann, Fuß vor Fuß zu setzen.

Auch Shebab hatte den Stern gesehen, und ein nie gekanntes Glücksgefühl begann, es vom Kopf bis zu den Füßen zu durchdringen. Es war der Stern des Himmels, des Königs Melchior, aber irgendwie auch seiner, Shebabs Stern, denn hätte es sonst so froh sein können, dass es in der Nacht der ersten Rast, als der König schlief, sogar heimlich versucht hatte, zu tanzen? In der nächsten Nacht freilich tanzte es nicht mehr, dazu hatte es keine Kraft, denn die Sonne brannte am Tag unbarmherzig vom Himmel, die Last war schwer, und sein Reiter trieb es immer wieder zu größerer Geschwindigkeit an: »Schnell, schnell, der neugeborene König wartet!«

Hyänen und Schakale heulten in der Ferne und warteten auf Beute. Einmal waren sie einer Gruppe von finsteren Gestalten begegnet, die Dolche am Gürtel trugen und den königlichen Baldachin und das Kästchen aus Ebenholz, das Melchior nicht aus den Händen gab, gierig musterten. Aber Melchior hatte sie nur angesehen, durchdringend und lange, da waren sie weitergezogen, und die Wüste hatte sie verschluckt. Am dritten Tag kam ein Sandsturm und fegte mit der Gewalt eines Weltunterganges über sie hinweg. Melchior verstopfte sich Augen und Ohren und klammerte sich an seinen stummen Gefährten, der ergeben alles über sich ergehen ließ, aber standhielt. Als der Sturm nachließ und sie wieder sehen konnten, war der Baldachin nicht mehr da, und auch die goldene Königskrone mit den funkelnden Edelsteinen hatte der Wind verweht. »Ich brauche das alles nicht mehr«, sagte Melchior, und sie machten sich wieder auf den Weg.

Der Stern hielt im Land Judäa über einem baufälligen Stall, und Shebab ließ sich auf seine vorderen Knie nieder, um den König absteigen zu lassen. Vor dem Stall befanden sich zwei andere Könige, die hatten ihr Gold und ihren Purpur noch. So gingen sie zu dritt zu dem königlichen Kind, das in einer Viehkrippe lag und sie anlächelte. Sie brachten ihm ihre Gaben dar und beugten die Knie, und Melchior war froh, dass er das Weihrauchkästchen auch in dem Sandsturm fest in der Hand gehalten hatte. Eine junge Frau und ein älterer Mann standen hinter der Krippe, und die drei Könige verneigten sich auch vor ihnen.

Shebab hatte noch immer das wunderbare Gefühl in seinem Herzen und in seiner ganzen plumpen Gestalt. Das Tier drängte sich zum Eingang der Hütte, weil es fühlte, dass all das Schöne und Angenehme von dort kam. Und mit einem Mal sah es, dass die drei Könige einen strahlenden Schein um ihre Häupter hatten, der vorher nicht dagewesen war und die ganze Szene in ein herrliches, alles überstrahlendes Licht tauchte. Auch Shebab hatte ein solches Licht um seinen mächtigen Kopf, fühlte die Wärme und Helle auf sich herabrieseln und badete darin wie in einem weichen, warmen Gewässer.

Aber dann erschrak das Kamel sehr, denn es wusste, dass es nur ein dummes, plumpes Tier war, dem ein Heiligenschein nicht zustand. Es legte sich demütig vor dem Kind auf den Boden, und die zarten Finger des Kindes griffen in den Schein, teilten ihn in zwei Teile und legten sie auf den gebeugten Rücken. Da fühlte das Tier, wie seine Haut sich auftat, die beiden Teile aufnahm, sich wieder schloss, und der graubärtige Mann sagte: »Du darfst den Schein behalten.«

Als sie wieder zurückritten, fühlte Shebab die Wärme und das Glück, das von seinem Rücken auf ihn herabströmte, und der König Melchior saß zwischen den beiden Hügeln, als sei das immer so gewesen.

Shebab wurde sehr alt und hatte viele Nachkommen, und sie alle hatten auf ihren Rücken zwei Erhebungen. Aber sie wussten nicht mehr, woher das kam, denn wenn auch ihr Urvater einmal eine nicht ganz unbedeutende Rolle in der Heilsgeschichte gespielt hatte, so waren sie doch nicht anderes als Kamele.

Das Geheimnis

Leo Weismantel (1888–1964)

Der Zug der Könige kam durch die Gassen von Bethlehem; die ganze Stadt geriet da in einen Aufruhr, alles Volk lief neben dem Zug der Könige her und hinter ihm drein, alles fragte sich, was das bedeuten solle, und keiner wusste doch recht, woher dies alles komme und wohin es führe.

Der Zug ging dann durch die bedeckte Gasse und machte vor jenem alten Stallgemäuer halt. Die drei Könige traten vor und schauten durch den Türspalt in den Schuppen. Da gewahrten sie das göttliche Kind und die Jungfrau Maria ihrer schon wartend. Der Nährvater Josef war aus der bedeckten Gasse heimgekommen und hatte Maria die Ankunft der Könige gemeldet.

Nun war König Balthasar der jüngste der drei Könige und so war er dem Alter nach der Geringste an Würden und durfte erst als Letzter das Kindlein begrüßen. Wie so die drei Könige vor der Türe standen, in einer seltsamen Scheu noch zögerten, über die Schwelle zu schreiten, da sie das Kind schon gewahrten und es von einem überirdischen Licht umflossen sahen, da stieg König Balthasar eine solche Glut der Liebe im Herzen auf, dass er wünschte, er möge doch der Älteste der drei Könige sein, und er wollte alle Jahre seines Lebens hingeben, wenn er nur als Erster die Schwelle überschreiten und das Kindlein grüßen dürfe.

Und wie er so dachte, wurden seine Haare grau und die anderen gewahrten das; er stand unter ihnen, er schien ihnen allen als der Älteste. Da traten die beiden anderen Könige Kaspar und Melchior zur Seite und ließen Balthasar das Kindlein grüßen. König Balthasar trat über die Schwelle in den Stall, doch er gewahrte nichts von all der Armut, die um ihn war. Als trete er in einen gewaltigen Palast, schritt er auf die Krippe zu und beugte das Knie vor dem Kind, hob nur scheu die Augen und die Hände, als wolle er das Kind berühren, und wagte es vor Ehrfurcht dennoch nicht. Da beugte sich das Kind vor und legte sein rechtes Händchen König Balthasar auf die Stirn und zeichnete mit dem Daumen ein Kreuz. Das blieb eingeprägt in der Stirn des Königs haften, dass alles Volk noch in späteren Jahren sehen konnte, wo die Hand des Kindes gelegen und wo sein Finger das Kreuz gezeichnet hatte.

Von dem Kind und seiner Mutter ging ein blaues, geheimnisvolles Leuchten aus, das nur die heiligen drei Könige gewahrten. Dies Leuchten ging wie ein Licht in die Finsternis; da war es, als sei es bis zur Stunde Nacht gewesen, und alles, was die Nacht in sich verborgen hatte, kam nun vor und wurde sichtbar.

Wer sollte die Wunder begreifen, die sie da sahen? Denn alle, die davon erzählten, haben es nicht mit eigenen Augen gesehen, sondern haben nur den Widerschein all der Gesichte aus den Zügen der heiligen drei Könige erschaut. Es ist uns überliefert, dass Adam und Eva, die Stammeltern des Paradieses, von Gott solche Gnaden des Geistes erhalten hatten, dass sie alles gewahrten, was Gott geschaffen hatte. Ihre Augen drangen in das Geheimnis des letzten Samenkorns und schauten die Glorie der Cherubim.

Aber als die Sünde über sie kam, zerfraß der Wurm der Schuld die Sehkraft ihrer Augen. Was wir Menschen heute Tag und Nacht nennen, ist nur der schwache Schein eines uns unendlich entrückten Geschehnisses. Das Gesicht der Cherubim ist den Menschen entschwunden, der Wurm, einst unseren Augen eine Glorieschöpfung des allmächtigen Gottes, kriecht als Jammergebilde zu unseren Füßen. Nur ein verschüttetes Erinnern und eine irre Sehnsucht gehen durch uns Menschen. Und wie wir uns mühen, in die Geheimnisse der Schöpfung und der Welt einzudringen, ist all dies nichts als das Tasten eines Blinden, das Heben der Hände und Füße eines Gelähmten.

In jenem Augenblick aber im Stall von Bethlehem gab Gott den Königen der Heidenschaft von seinem Licht. Und wie der Herr, als er unter den Menschen ging, zuweilen das Ohr eines Tauben, das Auge eines Blinden, den Mund eines Stummen berührte und sagte: »Tu dich auf«, so tat Gott, der Vater, es in der Stunde der Anbetung seines Sohnes auf Erden – da drang die Gnade in die Könige der Heidenschaft, drang ein wie ein Sturzbach im Föhnwind des Frühjahrs und schmolz das Eis und führte den Schmutz der Erbsünde aus ihnen fort, dass ihre Augen wieder lebend, ihre Ohren wieder hörend, ihr Mund wieder der Sprache mächtig wurden.

Da sahen sie das Kind und sahen, wer es war, sahen Maria, seine Mutter, die Königin des Himmels und der Erde, und den Nährvater Joseph, den Hüter des Kindes auf der irdischen Wanderschaft, sahen sie verkleidet in der niedrigen Gestalt der Magd und des Zimmermanns, dass ihre Schönheit und Macht nur umso größer war im Land der Dämonen und der irdischen Finsternis.

Da sahen die Könige, wie der Stall sich füllte mit den Engeln und seligen Geistern, sahen alle Kreatur der Erde – hörten das Rauschen der Ströme und das Brausen der Winde,

sahen, wie die Blumen und Wälder und die Tiere der Berge und der Ebene erschauerten vom Leben des Einen, der sie geschaffen hatte,

jedes Geheimnis sahen sie enthüllt, das als Wunder oder Schuld im Gras umging, im Maultier der Felspfade und im Diener, der hinter ihm stand –

sahen über alle Zeiten die Dinge, die geschehen waren von der Erschaffung der Engel und der Erde –

sahen den Sturz Luzifers und Adams und Evas –

sahen Moses und Abraham und die kommenden Geschlechter –

sahen die Bundeslade des Alten Testaments und den Altar des Neuen Bundes –

sahen die Wallfahrer ohne Zahl –

sahen die Erlauchten der Vorhölle, die Verdammten der Tiefe –

sahen das Tal Josaphat am Tage des Gerichts und alle Kreatur, Stein und Gras und Tier und Mensch und Geister sangen:

»Ehre sei Gott in der Höhe und Friede den Menschen auf Erden, die guten Willens sind«, sangen auch schwebend um Maria:

»Selig der Leib, der ihn getragen,
Selig die Brüste, die ihn genährt.«

So sahen die drei Könige der Heidenschaft, so hörten sie, so sangen sie die Allmacht des Kindes, vor dem sie in die Knie brachen vor solcher Schau. Nur einen Augenblick ging das Licht über sie, dann nahm Gott es wieder von ihnen fort. Wie ein Tag versinkt im Raunen der Nacht, versank das Gesicht der himmlischen Chöre und der Völker, die da gewesen sind, waren und kommen werden. Ihre Stimme wurde wie das Geräusch eines Windes, der weithin fort über die Berge zieht. Doch blieb das Rauschen in ihnen wie die Brandung eines fernen Meeres. Es blieb das Licht in ihnen wie ein Traum, den sie nie vergäßen, denn das Geheimnis dieser Stunde sollte tief in den Königen der Heidenschaft ruhen, wie ein Samenkorn im Frühjahr in die Furche des Erdreichs gelegt wird; ist aber das Samenkorn gelegt, wird die Furche verschüttet, dass das Samenkorn auferstehe nach dem Gesetz des Wachstums aus der verschütteten Erde – über der, obwohl sie gefallen ist, Gottes Sonne liegt. So war es nach menschlichem Ermessen nur ein Augenblick gewesen, dass die heiligen drei Könige in ihrer Verzückung das Wunder der Schau empfangen hatten. Nun standen sie, vom Schauen durchgerüttelt, aus Traumlanden kommend, verlustig wieder ihrer eigenen Gesichte da.

Da entsannen sie sich, dass sie dem Kind opfern wollten. Verwirrt griffen sie in die Schätze hinein, die ihre Diener ihnen darboten, und griffen nur irgendeines und reichten es dem Kind hin. Balthasar opferte als Erster. Als er die Hände dem Kind entgegenhob, sah er selbst und sah das Kind, dass es Weihrauch war, was da in der Hand des Königs Balthasar war; und das Kind sah, dass dieser Weihrauch bestimmt war, auf dem Altar des Alten Bundes zu verbrennen als ein Opfer aus seiner, des Kindes, Hand. Da öffnete das Kind zum ersten Male seinen Mund und sagte: »Sei bedankt.«

An zweiter Stelle opferte König Melchior; auch er griff voll Verwirrung in die Geschenke, die seine Diener ihm herbeigebracht hatten, und griff einen goldenen Apfel heraus. Es war jener Apfel, den Kaiser Alexander von einem Künstler hatte schaffen und in den er das Bild der ganzen Erde hatte eingraben lassen, dass er, sobald er auf seinem Thron saß, voll Stolz das Bild des ganzen Erdballs umgreifen könne.

Wie nun aber das göttliche Kind den Apfel der irdischen Macht empfing, zerfiel dieser Apfel und das Gold, aus dem er gebildet war, in Staub. König Melchior griff zum zweiten Mal in seine Schätze. Jetzt war es ein kleines Beutelchen, das ihm in die Hand geriet; er öffnete es und schüttete den Inhalt in seine Hand. Es waren dreißig Goldpfennige, die man dort zu Land auch »Silberlinge« nannte, da »Silberling« so viel wie Münze hieß; er breitete die Goldpfennige, die dreißig, auf seiner Hand aus, dass das Kind sie sehen und damit spielen könne. Da fuhr ein Schauer des Schmerzes in das Kind, wie es die dreißig Goldpfennige sah, und es sagte zitternd: »Sei bedankt«, denn es sah, dass es die dreißig Silberlinge jenes Kaufpreises waren, um den der Menschensohn sollte verraten werden. Das Kind barg sein Gesicht an der Brust der Mutter und klammerte sich an ihre Schultern. König Melchior erschrak und Maria nahm die Silberlinge und das Beutelchen von seiner zitternden Hand und strich ihm über die Hand hin, dass ihm der Schreck genommen werde; sie barg das Beutelchen und wusste nicht, was darinnen war. König Melchior taumelte zur Seite.

König Kaspar trat vor, dem göttlichen Kind zu huldigen. Doch zögerte König Kaspar, dem Kind seine Gaben darzureichen, denn er spürte wie auch König Melchior und die heilige Mutter, dass das Kind in den Geschenken Dinge sah, die ihren eigenen Augen verborgen waren. Doch kniete ein Knecht neben den König nieder und reichte ihm einen kleinen Schrein, der angefüllt mit Geschenken war, sodass König Kaspar im Zwang des Augenblicks in diesen Schrein griff und etwas herausnahm und es dem Kind reichte. Da waren es Myrrhen. Die Augen des Kindes wurden wieder weit und sehend, das Kind legte sein Händchen auf das Geschenk und die Hände des Königs Kaspar, denn das Kind sah, wie diese Myrrhe ihm selbst gereicht würde nach dreiunddreißig Jahren in der Stunde seines Todes, wie es, aufgewachsen als ein Mann, an ein Kreuz geschlagen über den Felsen von Golgatha hing. Da sagte das Kind zitternd: »Sei bedankt«, und hob die Händchen vor seine Augen, als wolle es seine Augen schließen, dass sie das Grauenhafte nicht mehr sähen.

Doch dann streckte das Kind mit einer jähen Bewegung seine beiden Händchen den drei Königen entgegen, als wolle es all die Erinnerungen in ihnen auslöschen in diesen Augenblicken einer entsetzlichen Schau der Dinge, die da kommen werden, und als wolle es ihnen nur seine Liebe bezeugen, und sagte wiederum zu ihnen allen: »Seid bedankt.«

Das Kind war in jener Stunde dreizehn Tage alt, und ob all dieser Wunder erschraken die Könige so sehr, dass sie sich dreimal in den Staub niederwarfen und versunken in Andacht beteten und das Grauen hinwegbeteten aus ihrer Seele und dann wieder trunken wurden von dem Glück, das über allem Grauen sie in dieser Stunde empfangen hatten. Dann standen sie auf, und es war ihnen auf einmal, als seien die Geschenke, die sie gebracht hatten, Nichtswürdiges und Unwürdiges diesem Kind, und sie nahmen außer dem, was sie dem Kind schon gegeben hatten, in dieser Verwirrung alles wieder mit fort, als erkännten sie jetzt erst, dass sie Bettler geworden waren vor dem, vor dessen Angesicht sie im Staub lagen. So waren alle heiligen Geschehnisse ihnen wie ein Traum.

Die erste Audienz

Rudolf Hagelstange (1912–1984)

Der König saß auf einem leicht erhöhten kostbaren Sessel in einem kleineren Saal, in welchem er sonst Botschafter, Abordnungen oder auch Bittsteller empfangen mochte, und sah den dreien, von denen Ganguly als der Älteste zuerst eintrat, mit gelangweilter Neugier entgegen. Seine Füße standen auf dem Rücken einer großen, aus Silber gearbeiteten Schildkröte, aus deren Panzer ein elfenbeinerner Hals und Kopf hervornickten; zwei Edelsteine markierten die Augen.

Herodes machte eine einladende Handbewegung und winkte dann noch einmal aufmunternd, als die drei etwa sechs oder sieben Schritte vor ihm verhielten, und trat dann, als sie sich eben wieder in Bewegung setzten, heftig auf die Schildkröte – was ein Klingeln auslöste und zugleich ein hektisches Gelächter des Königs. Ebenso plötzlich verstummte er wieder und sagte mit leiser Stimme:

»Willkommen in Jerusalem … Woher kommt Ihr, werte Herren?«

Er sprach in römischer Zunge; Habakuk verstand ihn sofort. Blitzschnell entschloss er sich, diesen durchtriebenen Tölpel zu übertölpeln. Er dachte: Wenn man sich eines Dolmetschers bedient – und den wollte er spielen –, darf man immer missverstehen und missverstanden werden. Er sagte darum so bescheiden wie möglich:

»Diese Fürsten hier sprechen nur Griechisch, und auch das nur unzulänglich. Aber ich will gern als Dolmetscher dienen – wenn es willkommen ist.« Er wies auf Ganguly und sagte zu ihm:

»Ihr sollt sagen, wer Ihr seid.«

Der Inder legte die schmalen Hände vor der Brust zusammen und verneigte sich mit der ihm eigenen Grazie und Würde. Er murmelte dabei etwas, was eine Grußformel seiner indischen Heimat sein mochte, und Habakuk tat, als ob er es verstanden hätte.

»Er kommt vom Indus und grüßt Euch ehrerbietig«, sagte er ernst.

»Und welches Volk oder welchen Stamm regiert er?«

»Majestät«, erwiderte Habakuk, »ich kenne den Fürsten erst wenige Tage. Ich traf die Herren in Askalon. Aber es will mir scheinen, dass er sehr mächtig ist. So mächtig, dass er die Bewunderer der Macht verachtet. Wenn ich ihn recht verstanden habe, herrscht er über eine Provinz gelehrter Männer und hat nie mit Frauen zu tun gehabt. Ich glaube, er fürchtet – oder verachtet – sie.«

»Er tut gut daran«, knurrte Herodes und trat, wie zur Bekräftigung, kurz auf den Rücken der Schildkröte. »Und der Schwarze?«

»Sein Vater ist der König von Äthiopien«, sagte Habakuk ehrfürchtig. »Und Muhamed – so ist sein Name – ist der berufene Thronfolger. Aber er begehrt den Thron seines Vaters nicht. Er will nicht herrschen.« Habakuk nickte bedeutsam. »Ja, er sucht einen anderen König, in dessen Dienst er treten kann. Er ist unglaublich stark!«

Herodes machte ein dummes Gesicht, schüttelte kurz den Kopf und flüsterte mit den beiden Hauptleuten der Leibwache, die neben ihm postiert waren. Etwas misstrauisch fragte er: »Auch er spricht unsere Sprache nicht?«

Habakuk verneinte.

»Du wirst ihn später vielleicht fragen – später –, ob er der Anführer meiner gallischen Stabswache werden will ...« Herodes sagte es unsicher und zögernd. »Sehr ehrenvoll«, sagte Habakuk. »Aber ich glaube, er denkt an einen neuen König, dessen Stern gerade jetzt erst über Judäa aufgeht und um dessentwillen wir von weither angereist sind. Aber – sollten sich die Fürsten nicht setzen ...?« Er fragte es leise, fast vertraulich.

Herodes trat auf die silberne Schildkröte, gestikulierte zu einigen Dienern hin, die drei Sessel näherrückten, und fragte stirnrunzelnd und mit einigen ungeduldig zum Sitzen auffordernden Gesten: »Wo soll dieser König sein, und wie heißt er, wo regiert er?! Ich kenne keinen neuen König, nicht hier noch irgendwo!«

Habakuk hob ausweichend Hände und Achseln.

»Habt Ihr keinen Sohn?«, fragte er. »Oder erwartet Eure Frau Gemahlin nicht vielleicht einen? Verzeiht, dass wir so wenig über Euch und Euer Königshaus wissen.« Er lächelte verlegen und dachte dabei: Lüg nur drauflos, Mordbube. Auch deine Frau hast du umgebracht.

Welches Weib möchte sich heute noch in dein Bett legen, um mit dir einen Sohn zu zeugen? Vielleicht würdest du den zwar am Leben lassen, weil er zu jung wäre, deinen letzten Jahren gefährlich zu werden. Aber sie selbst –

Herodes hatte sich zurückgelehnt in seinem Sessel und umklammerte die Stützen, als ob es zwei Hälse zu würgen gälte. Seine Augen schienen geschlossen. Aber durch einen schmalen Lidschlitz beobachtete er den Fragesteller misstrauisch. Tonlos sagte er schließlich:

»Nein. Wir erwarten keinen Sohn. Aber wir sind nicht ohne Erben.«

Er verfiel wieder in trübsinniges Schweigen.

»Wir bitten ehrfürchtig, Eure Gemahlin zu grüßen. Ich werde beten für sie und Euer Haus.«

Herodes trat unwillig auf den tönenden Fußschemel, aber der gab nur schwachen Laut. Er fragte:

»Und wer seid Ihr? Wo kommt Ihr her? Seid Ihr fürstlichen Geblüts?«

Habakuk wiegte den Kopf hin und her und erwiderte lächelnd:

»Wenn man Wein und Wasser mischt – was ergibt das? Ich habe einen fast hundertjährigen Onkel in Alexandria, der will wissen, dass ich der Sohn eines Stammesfürsten aus der Wüste Sur bin, von einer Jüdin geboren. Aber ich gebe nichts drauf. Schon als Kind sang ich das Lied:

Meine Mutter starb mir früh,
Meinen Vater sah ich nie …

Aber der Himmel hat es dennoch gut mit mir gemeint. Ich spreche etliche Sprachen, bin Schriftgelehrter, Philosoph und nicht zuletzt Astronom und Astrologe. Ich habe es dem Himmel gedankt, indem ich ihn erforscht habe und seine Sprache zu deuten lernte.«

»Und was spricht der bestirnte Himmel über mich?«, fragte Herodes ironisch.

»Dass Ihr ein gestrenger, aber gerechter Herr seid und beharrlich an Eurem unsterblichen Namen baut.«

Herodes nickte einem der Höflinge zu, die wie Puppen an den Seitenwänden saßen. »Siehst du, er meint den Tempel, an dem wir bauen.« Und zu Habakuk gewendet: »Dein Himmel ist nicht dumm. Und was meint er über den König, den Ihr sucht?«

»Er meint, dass dieser König aus Eurem Lande kommen muss. Und wenn ich alle Schriften zu Rate ziehe, so sagt er die Wahrheit. Der neue König soll aus dem Haus und Stamm Davids kommen und Immanuel heißen. So hat es der große Jesaja vorausgesagt. Deine Schriftgelehrten werden es bestätigen können.«

»Ach«, meinte Herodes wegwerfend, »meine Schriftgelehrten sind Nichtsnutze und Nichtstuer. Ich werde sie drei Tage bei Wasser und Brot einsperren lassen, allesamt, und am vierten Tag werden sie mir sagen müssen, was ich wissen will. Dann wird sich zeigen, was sie wert sind. Geschichte schreibt man nicht mit Schriftgelehrten, sondern mit Generälen und Soldaten. Die Gelehrten können später aufschreiben, was geschehen ist. Aber – Euer neuer König scheint keine Truppen zu haben …?«

»Nein.« Habakuk schüttelte energisch den Kopf. »Er soll ein Friedefürst werden – so heißt es jedenfalls. Eine Jungfrau wird ihn gebären oder hat ihn geboren. Da niemand etwas von ihm weiß hierzulande, ist er vielleicht noch gar nicht geboren. Aber sein Stern ist schon aufgegangen. Wir werden auf die Suche nach dem Verheißenen gehen! Und wenn wir ihn gefunden haben, werden wir hierher zurückkehren und Euch Meldung erstatten …«

Herodes trat mit beiden Füßen auf seinen Fußschemel.

»Das ist gut! Das ist klug!«, rief er und stampfte noch zweimal auf die musikalische Schildkröte. »Ihr werdet in meinem Namen auf die Suche nach ihm gehen. Betrachtet Euch als meine Gesandten, meine Kundschafter. Schreiber! He! Bring drei Schutzbriefe. Und das Siegel! Das ist gut. Das ist eine ausgezeichnete Idee. Du bist ein kluger Kopf. Wie heißt du, mein Freund?«

»Habakuk, Majestät.«

»Habakuk? Habakuk?! Wie der Prophet? So ein schöner Name. Oh, ich weiß, ich weiß. Die Umarmung – heißt das. Und du wärst wert, von mir umarmt zu werden. Aber – das hebe ich mir auf, bis du mir den neuen Gottseibeiuns bringst. Ich mache dich zum König der Schriftgelehrten, zum Fürsten des Himmels dafür. Kommt näher, meine edlen Gäste, dass ich Euch meinen Ring zum Kuss reiche! Nein, erst du, dann der Alte, dann der Schwarze. Ich danke für Euren Besuch. Wie heißt er?

Ganguly? Ja natürlich, weil er vom Ganges kommt. Und er? Muhamed. Ist das auch ein Prophet? Oder müssen wir ihn dazu machen?

Kommt, meine Fürsten, Könige, Propheten, Botschafter, Kundschafter! Ich mache aus Euch, was Ihr werden wollt. Ich, der große Herodes, bin allmächtig. Ich bin der Größte. Nach dem großen Augustus, versteht sich. Die Götter sollen mich vor einer Majestätsbeleidigung bewahren …«

Er trat auf den klingenden Fußschemel und hielt sich zugleich die Ohren zu. Auch die Augen schloss er und atmete schwer.

Einer der Höflinge, sein Leibarzt offenbar, trat zu ihm und schlug ihm einige Male leicht auf die Wange.

Schließlich öffnete der König die Augen wieder. Er blickte fast furchtsam von einem zum andern. An Gangulys erstauntem Antlitz blieb sein Blick hängen. Fast bittend fragte er Ganguly in stockendem Griechisch:

»Bist du Arzt?«

Ganguly nickte. »Ja«, sagte er leise.

»Ich habe dumme Schriftgelehrte, dumme Leibwächter, dumme Ärzte«, sagte Herodes wehleidig. »Sieh in ihre Gesichter!«, flüsterte er. »Da steht ihre Dummheit und Falschheit geschrieben.« Er fasste Gangulys Arm mit der Linken und machte mit der Rechten eine heftige, verweisende Bewegung. »Weg! Zurück alle!«, sagte er böse. »Auf Eure Plätze!« Er trat auf die Schildkröte. Aber die blieb stumm.

»Kannst du mir helfen?«, fragte er den Inder verstört.

Der griff in sein Gewand, zog ein Fläschchen heraus und reichte es dem Herodes.

»Trinken …?«, fragte der furchtsam.

»Nur riechen – vier, fünf Pulsschläge lang …« Ganguly lächelte.

Herodes zog den Pfropfen heraus und schnüffelte. Er sagte: »Es riecht scharf, aber gut.« Und schnüffelte noch einmal. Er atmete tief durch, führte das Fläschchen zum dritten Mal an die Nase, atmete wieder, erhob sich langsam zum Stand (wobei man sah, dass seine lockeren, üppigen Gewänder einen ziemlich verfetteten Leib bekleideten) und reckte sich und streckte sich, schnüffelte nochmals und pumpte sich auf wie ein Ochsenfrosch.

»Ich bin der Gesuchte!«, schrie er. »Ich bin der Gottseibeiuns, der verheißen ist.« Er setzte sich und blickte strahlend in die Runde. »Eine wunderbare Medizin ...«, sagte er anerkennend, fast glücklich. »In Gold aufwiegen!«, schrie er übermütig, und sofort stürzte ein Höfling herbei, nahm das Fläschchen und eilte mit ihm davon.

»Ihr werdet wiederkehren. Ich erwarte Euch!«, sagte Herodes nach einer schweigenden Weile. »Es gibt keinen anderen in diesem Land, den die Verheißung meinen könnte. Keinen ... Habe ich nicht friedlich regiert? Ist Augustus, der Friedenskaiser, nicht mein bester Freund?« Er sah sich um im Kreis, und die Höflinge nickten.

Aber da kam schon der Beamte mit dem Arzneifläschchen und dem entsprechenden Goldgewicht.

»Gib!« Herodes lächelte, nahm die drei oder vier Goldmünzen, betrachtete verliebt sein Bild darauf und reichte sie dann Ganguly.

»Das Zehnfache werde ich dir geben«, sagte er, »wenn Ihr wiederkehrt. Auch ich werde suchen. Wir werden sehen, wer zuerst findet!«

Er roch noch einmal an dem Fläschchen. Dann setzte er sich wieder, trat fest auf die silberne Schildkröte, die dieses Mal hellauf klingelte.

»Die Audienz ist beendet!«, rief er mit fester Stimme. Beim Hinausgehen sagte Ganguly leise zu Habakuk: »Er wird nicht mehr lange leben.«

»Jeder Tag ist zu viel«, lautete die Antwort.

Die Könige und der Stern

Johannes von Hildesheim (1310/20–1375)

Die drei Könige rüsteten sich – jeder in seinem Reich – mit aller Pracht und Kostbarkeit und großem Gefolge für die Reise und machten sich auf den Weg. Keiner wusste von den andern, doch wurde jeder von ihnen auf seinem Weg von dem Stern geführt. Er wanderte mit ihnen weiter, wenn sie ritten, er stand mit ihnen still, wenn sie anhielten. Bei

Nacht leuchtete er nicht wie ein Stern oder wie der Mond. Strahlend hell wie die Sonne stand er über ihrem Weg. Da zu dieser Zeit Friede herrschte auf der ganzen Erde, standen die Stadttore überall Tag und Nacht offen. Die Bewohner der Städte und Dörfer, durch die sie zogen, erschraken und waren voller Verwunderung. Denn sie sahen Könige mit großem Gefolge, und auf ihrem Weg war es taghell – auch in der Nacht. Niemand wusste, woher sie kamen und wohin sie gingen; am Morgen waren die Wege von den Hufen unzähliger Tiere zerstampft. Von solchen Geschehen sprach man noch lange Zeit.

Die drei ruhmreichen Könige kamen bald in andere Länder und fremde Gegenden. Jeder zog seinen Weg über Flüsse, Wüsten und Berge, durch Ebenen und schreckliche Sümpfe, ohne irgendwelche Hindernisse. Alle schwierigen und steilen Wege wurden vor ihnen leicht und eben. Sie ruhten weder Tag noch Nacht, sie brauchten weder Speise noch Trank; ohne zu essen und ohne zu schlafen, kamen sie bis nach Bethlehem. Es schien ihnen wie ein Tag zu sein!

Lobpreis

Lorenz Mack (1917–1991)

Die drei Könige ordneten sich ihre Gewänder, klopften den Schnee von den Schuhen, und Matthäus drehte mit der Hand seinen Stern. Bei jedem Schritt erzitterten die Glocken; es klang, als wäre ein kleines Pferd mit seinem Schlitten unterwegs und nähere sich dem Dorf. Nun waren auch die Sterne verblasst, der Mond verlor seine Farbe, er war weiß wie der Schnee, und der Himmel färbte sich rot, gelb, ja blau, so wie ein über das ganze Firmament leuchtender Regenbogen. Auf den Wiesen, Dächern und Bäumen hob nun ein Sprühen und blendendes Glitzern an, ein paar Waldmeisen hüpften mit steifem Gefieder im klirrenden Gestrüpp, und die blauen Eiszapfen an dem Dach des Hauses, die knisternden gelben Blätter der in dichten Trauben hängenden Maiskolben, und das in Zöpfen das Brunnenrohr umschlingende Stroh schimmerten rot. Wie eine brennende Eisblume stieg die Sonne am kalten Himmel herauf.

Kaspar stellte die Krippe mit dem kleinen Jesus in den Flur des Hauses. Hinter der Stubentür klirrten Löffel in der Milchschüssel, die Scheiter im Ofen krachten, und eine Katze saß ohne Scheu auf der Stiege zum Dachboden. Da hob nun der König Kaspar die Stimme an und die beiden anderen fielen in seinen Gesang mit ein. Es dröhnte durch den Flur. Matthäus sah immerzu auf Kaspars Mund und schloss seine Augen, wenn er nicht mehr weiterwusste. Lukas' Bass orgelte, dass die Fensterscheiben erbebten. Er riss den Mund auf, und dabei sträubte sich sein Schnurrbart wie die Stacheln eines Igels. Der kleine Jesus lag da, er streckte seine nackten Arme aus und lächelte Matthäus an. Dessen schwarzes Gesicht glänzte, der Schweiß tropfte ihm von der Stirn. Du hast es schön, dachte er, du liegst einfach da auf weichem Stroh und hast nichts zu tun als zu lächeln. Ich aber bin nicht nur ein König, sondern muss auch singen und zudem einen Stern drehen. Wahrhaftig, es ist nicht leicht, dich zu preisen, zu loben und dabei noch froh zu sein, wahrhaftig nein!

Der vierte König

Elisabeth Hardt (*1957)

Wir alle haben von Caspar, Melchior und Balthasar gehört – den Heiligen Drei Königen, die dem Stern folgten und schließlich zum Jesuskind in der Krippe in Bethlehem kamen.

In Russland erzählt man sich von einem vierten König. Dieser König hieß Coredan. Auch er hatte vom neugeborenen König erfahren und wollte ihn suchen. Drei wertvolle rote Edelsteine hatte Coredan eingesteckt, um sie dem neugeborenen König zu schenken. Aber auf dem Weg zum Treffpunkt der Könige lahmte sein Pferd. Und als er dort ankam, waren die anderen bereits gemeinsam weitergezogen. Also ritt Coredan allein weiter und folgte seinem Stern, der auch ihn zum göttlichen Kind bringen sollte. Bald fand er am Wegrand ein verletztes Kind. Coredan nahm das Kind auf sein Pferd und ritt ins letzte Dorf zurück. Dort fand er eine Frau, die das Kind in Pflege nahm. Aus seinem Beutel nahm er einen Edelstein und gab ihn der Frau, damit sie gut für das Kind sorgen konnte, bis es erwachsen war.

Coredan ritt weiter. Da begegnete ihm ein Trauerzug. Ein Familienvater war gestorben. Seine Familie war in Schulden geraten und sollte nach der Beerdigung als Sklaven verkauft werden. Coredan nahm den zweiten Edelstein aus seinem Beutel, der ja eigentlich für den neugeborenen König gedacht war. Er gab ihn der Frau und sagte: »Bezahlt alle eure Schulden und kauft euch ein Haus, damit ihr ein Zuhause habt!«

Coredan wendete sein Pferd und ritt weiter. Da kam er in ein Land, in dem Krieg wütete. In einem Dorf hatten die Soldaten die Bauern zusammengetrieben und wollten sie alle töten. Ohne nachzudenken, holte er den letzten Edelstein hervor und kaufte das ganze Dorf von dem Tod los.

Müde und traurig ritt Coredan weiter. Würde er den neugeborenen König niemals finden? Jahrelang wanderte er. Zuletzt zu Fuß, nachdem er auch sein Pferd verschenkt hatte. Schließlich bettelte er, half den Schwachen, pflegte Kranke; immer half er, wenn ihm Menschen in Not begegneten – und das waren viele!

Eines Tages kam Coredan in einer großen Stadt gerade dazu, als ein Vater auf ein Sträflingsschiff, eine Galeere, verschleppt werden sollte. Coredan sah, wie sehr die Frau und die Kinder um ihren Mann und Vater weinten, und bat darum, selbst anstelle des Familienvaters als Galeerensklave zu arbeiten. Und so musste Coredan fortan als Sklave auf einem Schiff sitzen und tagein, tagaus, jahrein, jahraus unter Peitschenhieben rudern. Sein Haar wurde grau, sein Körper war geschunden. Da plötzlich schien sein Stern am Himmel wieder auf. Und was er nie zu hoffen gewagt hatte, geschah: Man gab ihm die Freiheit zurück und ließ ihn in einem fremden Land zurück.

In dieser Nacht träumte Coredan von seinem Stern und von seiner Jugend, in der er ausgezogen war, um den König aller Menschen zu finden. Und eine Stimme rief ihn: »Beeile dich!«

Sofort brach Coredan auf. Bald kam er an die Tore einer großen Stadt. Aufgeregte Menschen zogen ihn mit sich bis auf einen Hügel. Dort standen drei Kreuze, und Coredans Stern, der ihn von Jugend an begleitet hatte, stand genau über dem mittleren Kreuz. Da traf ein Blitzstrahl den müden alten Mann und er merkte, dass er bald sterben würde. »So muss ich hier in der Fremde sterben«, flüsterte er. »Sterben, ohne dich je gesehen zu haben, Herr? Bin ich umsonst durch die Städte und Dörfer gezogen, um dich zu finden?«

Coredan wollte die Augen schließen; da traf ihn der Blick des Mannes, der am mittleren Kreuz hing. Eine große, unsagbare Liebe und Güte lag in diesem Blick und die Stimme sprach: »Coredan, du hast mich doch längst gefunden! Du hast mich versorgt, als ich verletzt war; du hast mich getröstet, als ich jammerte; du hast mich gekleidet, als ich nackt war.«

Und Coredan erkannte mit einem Mal: Ich habe nicht umsonst gesucht. Dieser Mensch am Kreuz ist der König der Welt, ihn habe ich gesucht in all den Jahren. Und ihn habe ich immer wieder gefunden, ohne ihn zu erkennen.

König Walthauser mit Stecken und Stern

Hans Watzlik (1879–1948)

In dem Dorf Moos lebte der Totengräber und Mesner Simon Zirneder, ein trotz seines düsteren Berufs sehr leichtlebiger Mann, der alles, was er verdiente, schleunigst in Branntwein umsetzte oder im Kartenspiel verlor. Seinem Weib gab er nur selten Geld, und sie war darum schlimm dran. Wenn sie beispielshalber einmal um einen Kreuzer Essig brauchte, musste sie ihre Kinder in die Kirche schicken, dass sie dort unter die Bänke kröchen und suchten, ob nicht einer von den Betern dort einen Kreuzer verloren hätte. Also hüstelte die Not durch das enge Häuslein.

Besonders arg aber war es im Winter, wenn der Friedhof vor den kleinen Gitterfenstern verschneit ruhte, die Eiszapfen an den geschmiedeten Grabkreuzen glitzerten und nachts die Irrlichter, die von der Mesnerin für die Seelen der ohne Taufe gestorbenen Kinder gehalten wurden, frierend von Hügel zu Hügel hüpften.

Einmal, es war gerade der Tag vor der Christnacht, da polterte und schrie der Simon Zirneder, die Bauern würfen kein Geld nimmer in den Klimperbeutel, und keiner im Dorf wollte mehr sterben und ihm damit einen geringen Verdienst gönnen, und er schimpfte über den gefallenen Schnee, der den Totengräber in der Grube verwehe. Und schließlich fuhr er sein ältestes Söhnlein grob an: »Geh aus, Heindel, geh gleich aus und singe vor den Häusern und bettle, dass wir nicht verhungern müssen am Heiligen Abend! Bring das Geld redlich heim und rupf mir davon keinen Groschen ab!«

Und scheltend trollte er sich in das Wirtshaus.

»Wir sind so arm«, sagte die Mesnerin bekümmert. »Wir können uns heute kein Zuckerwerk kaufen. Ich habe nur ein bisschen Rauschgold daheim, damit will ich ein paar Tannenzapfen vergolden, dass doch auch etwas an unserem Weihnachtsbaum glitzert.«

Während die Mutter so klagte, hängte sich der Heindel das kleine künstliche Krippenspiel, das der Großvater geschnitzt hatte, mit einem Riemen vor die Brust und ging.

Das weihnachtliche weiße Dorf und die verschneiten Gehöfte lagen heute sehr still. Die Bauern droschen nicht, sie feierten und übten die altüberkommenen Bräuche, banden den Kühen im Stall rote Bänder um den Hals und beweihräucherten sie, um sie vor der Gewalt der übelwilligen Hexen zu bewahren, oder sie beteten die Litanei zum heiligen Martin. Und der Heindel trat nun in ihre Stuben und enthüllte vor den neugierigen Kindern seine Krippe.

In dieser Krippe war ein ganzes Gebirge zu schauen, erbaut aus knorrigem, eigensinnig gewachsenem Wurzelholz, mit Baumrinde überkleidet und mit goldenem Kies oder hier und da mit einem Kristall geschmückt, der in der dürftigen Flamme eines Ewigkeitslichtleins geheimnisvoll funkelte. Ein winziger Weiher, mit Hilfe eines Glimmerblattes dargestellt, blinkte auf, gepresstes Moos täuschte üppig begraste

Almen vor, Fichtenreis und Farn bildeten die Wälder, die Zäune waren aus Binsen geflochten. Und Menschen und Tiere und die heimlichen Häuser Bethlehems waren kunstvoll aus einem Lindenklotz herausgeholt worden.

Und der Heindel drehte einen verborgenen Werfel, und jetzt gewann die zierliche Welt, die da innig und einfältig aufgerichtet war, auf einmal Leben und wurde zum Wunder. Die Muttergottes, mit einem weißen Schleier aufgeputzt, begann leise ihr Kind zu wiegen, indes der Brotvater Joseph mit dem graubärtigen Kopf im gleichen Takt dazu nickte. Und der Esel daneben rührte die langen Ohren, und das scheckige Öchslein wedelte bescheiden mit dem Schweif. Von den Almen winkten die Hirten nieder, und einer von ihnen setzte sogar ein Horn an den Mund; die Glockenkühe hoben und senkten die Köpfe, und zwei streitbare Böcklein stießen gegeneinander, dass ihnen die Hörner knackten. Der Mautner zu Bethlehem zog den Schlagbaum hoch. Die drei Könige reisten mit ihrem fremdartigen Getier im Ring um den Stall, darüber der zackig geschwänzte Stern pendelte. Am hübschesten aber machte sich ein zappeliger Schellennarr, der vor dem Heilandkind seine Purzelbäume schlug, und fast noch hübscher benahm sich eine Mühle, die klipperte und klapperte, und ein Sturzbach aus lauter feinem silbernem Sand streute sich ins Rad und der staubige Müller lugte aus der Stube.

Der Knabe ließ seine Krippe lustig spielen, er deutete mit dem kältesteifen Finger auf die wunderbaren Vorgänge darin und sang dazu:

»Die Heiligen Drei Könige, die stehen vorm Tor,
Walthauser und Kaspar und Melchior.
Dem gehört das Kamel und dem der Elefant,
der dritte hält das Ross an der kohlschwarzen Hand.«

Der Heindel empfing von denen, die er mit seinem Schauspiel entzückt hatte, eine geringe Gabe, die er sich in den Rucksack stecken ließ, und stapfte dann durch die abendlich blauen Schneewehen hinaus zu den zerstreut liegenden Gehöften, bis er ganz müde und durchfroren war. Und als die Nacht aufging, wollte er noch geschwind die Försterei heimsuchen, die weit im Wald drin lag.

Doch als er so träumerisch durch den bitteren Schnee taumelte, merkte er, dass er sich verirrt hatte. Er rief ein paarmal mit seiner schwachen Stimme um Hilfe, und als niemand antwortete, stellte er die Krippe vor sich hin und setzte sich auf einen weich verschneiten Stein. In der Nähe erhob sich ein Fels, daran haftete in dicken Wülsten der erstarrte Wasserfall. Der Wind geigte in mondweißen Wipfeln und verstummte. Eine kleine, vermummte Tanne schauderte. Sonst war hier alles felsenruhig, und nichts regte sich neben dem ruhenden Knaben als das rote, geduckte Seelenlichtlein, das die Krippe beschimmerte.

Plötzlich zuckte der Heindel empor, ihm war, er habe geschlafen. Er rieb sich die schweren Augen. Vor ihm, aus dem tiefen Schnee erwachsen, stand lilienhaft hoch und schlank eine fremde blaue Blume, die war wie eine Heilige überschwebt von einem runden Goldschein, und eine holde Wärme strahlte von ihr aus. Das war wohl die blaue Weihnachtsblume, die alle hundert Jahre nur einmal ein Mensch schauen darf, wie die Mutter erzählt hatte.

Da staunte der Heindel und frohlockte: »Heute bin ich ein Sonntagskind!« Und um die Wunderblume zu erfreuen, bückte er sich zu seiner Krippe hinunter, tappte nach dem Drehgriff und brachte das bunte Werk in Gang.

Doch siehe! Eines der winzigen Schnitzbilder trat aus dem Spiel heraus und wuchs und wurde menschengroß … und König Walthauser, denn dieser war es, rammte einen langen Stecken in den Schnee und hängte den schönen, klaren Stern daran. Und alsbald traten zu ihm seine zwei königlichen Gesellen mit schleppenden, schwervergoldeten Mänteln, und ihnen schlossen sich zur mächtigen Größe des Lebens erwachsen an Elefant und Kamel und Ross und danach die Hirten mit den Glockenkühen, Schafen und Wachhunden und dann der staubige Müller und das närrische Schellenmännlein. Und dahinter auf dem Esel ritt die Muttergottes mit dem schimmernden Weihnachtskind, und Sankt Joseph pflückte die blaue Wunderblume und winkte damit dem kauernden Knaben, der mit großmächtigen Augen all das schaute, was sonst den Menschen verborgen blieb.

Die Krippe war leer. Die Schar aber zog leuchtend dahin, ihre Tritte ließen keine Spur im Schnee zurück, und es war keine Frage: Sie reisten in den Himmel heim.

Und wie der Heindel den Seligen so sehnsüchtig nachschaute, fühlte er einen ganz leisen Schmerz in der Brust, und dann gewahrte er mit sinkendem Blick nur noch, wie etwas, das dem bangen Ewigkeitslichtlein seiner Krippe glich, eilig hinter der geheimnisvollen Schar einherhuschte.

Es war seine Seele.

Nach einer guten Weile trollte ein Dachs vorüber, den der Durst mochte aus dem Winterschlaf geweckt haben. Er schnupperte an dem kleinen Menschenleib, der wie zum Schlaf friedlich und erlöst zurückgesunken war, und er grunzte dann nachdenklich und trabte davon.

IV

»Ein Sohn wurde uns geschenkt«
(Jesaja 9,5)

DAS GÖTTLICHE KIND

Ein Sohn wurde uns geschenkt

Der Prophet Jesaja (ca. 740–701 v. Chr.)

Jeder Stiefel, der dröhnend daherstampft,
jeder Mantel, im Blut gewälzt,
wird verbrannt, wird ein Fraß des Feuers.
Denn ein Kind wurde uns geboren,
ein Sohn wurde uns geschenkt.
Die Herrschaft wurde auf seine Schulter gelegt.
Man rief seinen Namen aus:
Wunderbarer Ratgeber, Starker Gott,
Vater in Ewigkeit, Fürst des Friedens.

Jesaja 9,4–5

Das allereinzige Kind

Joseph Wittig (1879–1949)

Das ist nämlich das allereinzige Kind auf der ganzen Welt. Wer wieder ein Kind sein will, muss in diesem Kind sein. Adam war schon ein großer Junge, als er erschaffen wurde, und Eva ein großes Mädchen, die bald heiraten wollte. Sie sollte auch den Adam bald heiraten und gerade ein so hübsches, unschuldiges Kind auf die Welt bringen. Denn der Herrgott wollte partout einmal ein solches Kindlein sehen. Da hat sich aber der Teufel dazwischen mengeliert: Die Freude wollte er dem Herrgott schon verderben! Er vergiftete alle Äpfel an dem schönsten Baum vom Paradies und redete dann den dummen Menschen vor: Sie würden ganz klug werden, wenn sie in diese Äpfel hineinbeißen täten. Der Herrgott verbot es wohl, aber die Eva konnte es nicht aushalten und meinte, der Adam sollte einmal probieren. Da wurde Adam zwar klug, aber er hatte das Gift der Sünde. Eva blieb dumm, denn sie merkte, dass es dem Adam ganz schlecht wurde vor lauter Klugheit. Aber als sie nun das erste Kind kriegten, da war es schon von Adams Klugheit und Sünde angesteckt. Es konnte kein eigentliches Kindlein sein, denn es hatte schon zu viel Klugheit geerbt und war ein böser Junge vom ersten Tage an. Da war der Herrgott traurig, denn er wollte doch partout einmal ein richtiges Kindlein sehen. Er jagte Adam und Eva aus dem Garten und hatte nur noch richtige Freude, wenn ein dummes Vöglein aus dem Ei herauskroch oder wenn ein Zicklein oder ein Kälbchen geboren wurde. Auf die Kinder der Menschen aber schaute er nicht einmal hin, denn so was Kluges und Hochmütiges mochte er nicht ansehen. Doch er hatte immer noch Sehnsucht nach einem solchen Kindlein.

Da war in Gott die ewige Weisheit oder das Wort, genauso groß und schön wie Gottvater, und es war der Sohn Gottes. Der machte sich ganz klein, noch kleiner als ein Kind, noch kleiner als ein Mohnkörnlein, und versteckte sich im Schoß der Jungfrau Maria. Dort begann er zu wachsen wie ein Kind, bis er zu Weihnachten auf die Welt kam. Das war die höchste Zeit, denn damals kamen die Kinder schon mit großen Bärten zur Welt, und es war zum Grauen mit den Menschen. Jetzt, da der Gottessohn, die ewige Weisheit, Kind geworden war, jetzt wurde alles gut. Und wer zu dem Kindlein kam und an das Kindlein glaubte, der wurde wieder gesund von der Vergiftung, und wenn's auch schon ein alter Mann war, so konnte er doch im Herzen wieder ganz ein Kindlein werden, und der Herrgott hatte eine große Freude daran.

Das Kind und die Schlange

Jeremias Gotthelf (1797–1854)

Kalt und schneeig war es draußen. … Unsere Armut und Not dunkelte vor unseren Augen auf und wob Finsternis um uns her. Da kam unser ältestes Mädchen weinend gelaufen, und das kleine watschelte ihm nach, weinend, und das ältere dolmetschte ihren Schmerz: »Mutter, der Peterli hat Pfefferkuchen und will uns keine geben. Großmutter sagt, das Weihnachtskind habe sie ihm gebracht und nicht uns, wären wir nicht unartig, hätte es uns auch gebracht. Wir sind nicht unartig, geh, Mutter, lauf geschwind dem Weihnachtskind nach und sag ihm, wir seien nicht unartig, und es solle uns auch Pfefferkuchen bringen!«

Die Mutter fühlte die Bitte im Herzen, aber in mütterlicher Besonnenheit nahm sie die beiden Kinder auf die Knie, wischte ihnen die Tränen ab und bat sie, doch zu schweigen.

Bis sie das konnten, dauerte es lange. Da konnten sie endlich sagen: »Mutter, wir wollen schweigen, aber spring, spring.«

Da sagte die Mutter: »Das Weihnachtskind mit seinem Esel ist schon gar weit weg. Als es das Weinen hörte, fing es an gar sehr zu springen, denn das Weinen und Klagen mag es nicht vertragen, nachspringen mag ich ihm nimmer. Und jetzt muss ich zur Nacht kochen, und habe ich gekocht, hat das Weihnachtskind sicher schon seine ganze Ladung verbraucht.« »Aber Mutter, warum gab uns das Weihnachtskind nicht auch Kuchen, als es dem Peterli gab? Damals weinten wir ja nicht«, sagten sie.

»Das Weihnachtskind wusste darum nicht, dass ihr auch da seid, das erste Mal, als es da war, war nur noch Peterli da«, antwortete Mädeli verlegen.

»Aber warum ließest du es ihm nicht sagen? Jetzt haben wir keinen Pfefferkuchen«, sagten sie und weinten wieder.

»Schweig, mein Kindlein, schweig«, sagte die Mutter, die keinen halben Batzen hatte, um den Lebkuchen nachzulaufen, »und wenn mein Kindlein schweigt, so will ich ihm was erzählen vom Weihnachtskind, woher es kommt und wohin es geht.«

Da schwiegen die Mädchen, lehnten ihre Köpfchen an der Mutter Brust und sahen ihr lauschend ins Auge. Die Mutter erzählte ihnen von einem frommen, frommen Kind, das seinen Eltern nie Verdruss gemacht, nie mit seinen Geschwistern sich gezankt und geweint habe um nichts und wieder nichts. Alle Kinder habe das Kind gar liebgehabt, und wenn es einem etwas zu Gefallen habe tun können, so sei dies seine größte Freude gewesen. Da habe einmal eine böse Schlange sich um viele, viele Kinder geschlungen und habe sie alle, alle fressen wollen.

Da sei das Kind gerade von ferne dazugekommen und habe gesehen, wie die Schlange das Maul aufgetan und wie es wie Feuer aus ihren Augen gefahren sei. Da habe das fromme Kind gar groß Erbarmen mit den anderen Kindern gehabt und sei herzugesprungen und habe geschrien: »Friss, Schlange, friss mich, aber lass die andern gehen!« Da habe sich plötzlich die Schlange losgerollt, habe die anderen laufen lassen, sei auf das Kind gesprungen mit weit, weit offenem Maul und feurigen Augen, groß wie Pflugsräder. Und das Kind habe die Hände gefaltet und gebetet, die Augen zugetan und geglaubt, die Schlange habe es verschlungen in einem Schluck, und jetzt laufe sie davon oder fliege mit ihm durch die Lüfte. Da habe es endlich bei sich gedacht, es wolle doch die Augen auftun und sehen, wie es im Bauch einer Schlange sei. Und da sei es heiter und hell gewesen und eine Sonne habe geschienen, aber eine viel schönere als die, welche hier scheine, und auf den Armen eines Engels sei es gewesen, und der Engel habe gar hold und freundlich es angelächelt und ihm gesagt: Es solle sich gar nicht fürchten, er führe es an einen gar schönen und guten Ort, wo es Freude haben werde, wie noch nie, und wo keine böse Schlange sei. Weit, weit sei er mit ihm geflogen, immer der schönen Sonne zu, sodass das arme Kind vor lauter Glanz die Augen wieder habe zutun müssen.

Da habe der Engel es endlich abgestellt in einem gar herrlichen Garten, wo lauter Dinge gewesen, die es nie gesehen, und wo es Blumen gesehen habe, schön wie Morgenrot und Abendrot, die einen Glanz gehabt, wie gewoben aus Sonnenschein und Mondeslicht. Und viele tausend Engel seien ihm zugesprungen und hätten ihm ihre Hände gegeben und ihm gesungen so schön, dass es ihn dünkte, der liebe Gott habe diese selbst singen gelehrt. Aber unter all den Engeln sei keins der Kinder gewesen, die es hier von der Schlange gerettet, keins, das es gekannt. Da habe es zu weinen angefangen und gejammert, es möchte doch zu seinen kleinen Kindern, sonst könnte ja vielleicht die Schlange sie doch noch fressen. Da habe eine Stimme, die nicht von hierher, nicht von dorther, sondern aus jeder Blume, aus Abendrot und Morgenrot, aus Sonnenglanz und Mondschein zu kommen schien und die klang, wie Sonnenglanz klingen muss, es gefragt: »Aber gefällt es dir hier denn nicht, es ist doch so schön hier?«

»Ja«, habe das Kind geantwortet, »mir gefällt es hier, aber ich muss doch zu meinen Brüdern und Schwestern und den andern Kindern; was sollen die anfangen, wenn sie mich nicht mehr haben? Aber wenn ich die mitbringen darf, dann will ich mit ihnen kommen und mich freuen hier, o wie schön wäre das!«

Da habe es vernommen, das könne noch nicht sein; und wieder habe es geweint, dass man die Hände unter ihm hätte waschen können. »Liebes Kind!«, habe darauf die Stimme gesagt, »weine nicht, hier oben darf nicht geweint werden; aber wenn du nicht mehr weinen willst, so soll dir erlaubt sein, dass du hinunterkannst zu den andern Kindern, kannst ihnen bringen Pfefferkuchen und andere gute Sachen, aber nur denen, die auch gut sind, und alle die, denen du das Weinen abgewöhnen kannst, die will ich dann auch hierhernehmen, und dann kannst du ja immer bei ihnen sein, und alle sollt ihr mir lieb sein.«

»Und die Stimme tat dem Kind so wohl, dass es nie mehr weinte und schön ward wie die anderen Engelein. Dann zog es auf die Welt und beschenkte die Kinder und immer nur die, die nicht weinen ohne Not und Schmerz, und ein Kind nach dem andern konnte hinauf zu ihm und wurde dann auch ein Engel.

Aber es gab immer wieder Kinder auf der Welt und immer mehr, und alle diese liebte es und wollte sie zu sich führen in seinen schönen, schönen Garten, der Himmel heißt. Da musste es einen Esel anstellen, um all den schönen Kram zu bringen, und weil es zu so vielen Kinder muss, so kann es nur einmal im Jahr zu einem kommen. Zuweilen reicht seine Zeit nicht einmal dazu aus. Und wenn es gar viele Kinder zu besuchen hat oder viel Schnee ist, dass der Esel nicht recht durch kann, da nimmt es denn von den Kindern mit, die ihm die liebsten Engel geworden sind, und gibt einem jeden ein Eselein und Kram dazu, und die gehen auch seinen Kindern nach und berichten ihm, wo sie gute und wo sie böse Kinder angetroffen, und welche einst in seinen schönen Garten kommen werden.

Darum, liebe Mädchen, seid lieb, dann kommen die lieben Engel auch zu euch, bringen euch Kram Jahr um Jahr, und nehmen euch einst mit in den schönen Garten.«

Heilung

Das Kindheitsevangelium des Thomas (um 200 n. Chr.)

Wenige Tage später fiel einem jungen Mann, der in einer Ecke Holz hackte, die Axt aus der Hand und er spaltete damit seinen ganzen Fuß. Am Blutverlust aber starb er.

Als sich nun Geschrei und Tumult erhob, lief auch der Junge Jesus dorthin. Er drängte sich mit Gewalt durch die Menge und fasste den zerschlagenen Fuß des jungen Mannes an. Sofort war er geheilt. Er aber sagte zu dem jungen Mann: »Steh auf, spalte das Holz und erinnere dich an mich!« Als die Menge sah, was geschehen war, warfen sie sich vor ihm nieder und sprachen: »Wahrhaftig, Gottes Geist wohnt in diesem Jungen.«

Auferstehung

Das Kindheitsevangelium des Thomas (um 200 n. Chr.)

Einige Tage später spielte Jesus auf einem Dach im Obergemach, und eines der Kinder, die mit ihm spielten, stürzte vom Dach und starb. Die anderen Kinder verschwanden, als sie es sahen, nur Jesus blieb dort.

Da kamen die Eltern des Verunglückten und machten ihm Vorwürfe. Doch Jesus sagte: »Ich habe ihn ganz bestimmt nicht hinuntergeworfen.« Jene aber bedrohten ihn.

Da sprang Jesus vom Dach, trat vor die Leiche des Jungen und rief mit lauter Stimme: »Zenon« – das war nämlich der Name des Kindes – »steh auf und sag mir, ob ich dich hinuntergestoßen habe.« Und er stand sofort auf und sagte: »Nein, Herr, du hast mich nicht hinuntergestoßen, sondern auferstehen lassen.«

Die, die es sahen, erschraken. Aber die Eltern des Jungen lobten Gott für das Zeichen, das sich ereignet hatte, und warfen sich vor Jesus nieder.

Als Jesus noch ein Kind war

Karl Röttger (1877–1942)

Als Jesus noch ein Kind war, ging er eines Sommertags fort und kam vor die Stadt ins Freie und stand am Hügel und sah das Land weit und bunt vor sich und unter sich liegen. Sah das Dunkelgrün schwankender Baumkronen und die Wiesen weithin in der Sonne und die Blüten der Granatbäume und Feigen. Und er stand lange und sah alles an, wie es so schön dalag und stand in der Sonne. Wie er nun so stand, hörte zuletzt sein Denken auf, und er schaute nur noch. Da musste er lächeln, und er wusste es selber kaum. Lange. Er wusste auch nicht, warum er so stand und schaute und lächelte. Als sei dies ohne Sinn und Ziel.

Danach, als er wieder zu sich kam, ging er weiter. Er ging immerzu, bis in die erste Dämmerung, und stand zuletzt auf einem anderen Hügel und sah in ein Tal, und ganz fern unten war das Meer. Da stand er wieder eine ganze Weile, und wieder hörte das Denken auf, und er schaute nur noch, so hatte er alles vergessen.

Und da fing er auf einmal leise an zu weinen, und wusste es selber kaum, als sei auch dies Weinen ohne Sinn und Zweck. Und das dauerte abermals eine ganze Weile. Danach kam er wieder zu sich, setzte sich hin und dachte nach. Und da kam ihm das alles seltsam vor, und er verstand es nicht. Zuletzt stand er auf, um nach Hause zu gehen. Es war nun schon dunkel geworden, und er wusste kaum, ob er auf dem richtigen Weg war. Aber er ging immer so hin. Seine schlanke Gestalt schwebte dunkel dahin, durch alle die schlafenden oder toten Dinge im weiten Raum; es war, als schritte ein Lebendiges in einer erstarrten, steinernen Welt. Und er fühlte das; fast war ihm, als müsse er darüber leise traurig sein.

Seine Schritte hallten wider aus der Welt um ihn, von der Höhe, aus dem Tal, seine Schritte auf der steinigen Straße. Seine Gedanken wurden müde wie seine Füße, und dann bekam die Einsamkeit der Nacht Stimme und fing an zu sprechen. Zuerst achtete er nicht darauf, hörte nicht hin, sondern ging nur so. Dann aber hörte er Schritte, erst ganz leise, ganz fern hinter sich oder weit im Dunkel neben ihm. Aber er ging immer nur weiter. Dann aber rief eine Stimme, wie hinterm Wald, wie aus dem Nichts des großen Dunkels, wie aus der Erde: »Nimm mich mit.« Er ging aber und wartete nicht. Denn es kam ihn nun ein leises Grauen an. Dann wurden die Schritte lauter, es kam näher, die Worte wurden deutlicher, klarer: »Nimm mich mit.« Da fing Jesus an zu laufen, denn er fürchtete sich. Und Nazareth konnte ja nun nicht mehr fern sein. Aber da fingen auch die Schritte hinter und neben ihm an zu laufen, und die Stimmen wurden schneller, fast atemlos, und waren deutlich zu hören. Und zuletzt im Laufen erschien ihm, als wären Schritte und Stimmen nun neben ihm, und zwei Augen bettelten an ihm hoch. Und da wusste er, er konnte ihm nicht mehr entlaufen.

Hier schwanden ihm die Sinne.

Als er wieder aufwachte, erschreckt den Kopf reckte, ging er nicht mehr; er wurde sanft getragen; er lag sicher in zwei Armen, und eine Stimme sprach: »Mein Sohn, ich bin es, wir haben dich gesucht.« Und da wusste er, es war sein Vater, der ihn heimtrug.

Danach, als er zu Haus im Schoß der Mutter ruhte, sagte er ihnen sein Gesicht und wie er erschrocken sei vor der Stimme aus der Welt und dem Dunkel. Die Mutter schwieg und wusste vorerst nichts zu sagen. Sie bewahrte aber alles wohl in ihrem Herzen und dachte, dass es alles ans Licht kommen würde und an den Tag, was Gott mit diesem ihrem liebsten Kind meine.

Die Vögel des Schöpfers

Ludwig Aurbacher (1784–1847)

Sobald Herodes, der Mörder der unschuldigen Kindlein, gestorben war, da kehrten Joseph und Maria mit dem Christkindlein aus Ägypten wieder zurück nach Judäa, und wohnten zu Nazareth in ihrer Vaterstadt. Und Joseph, welcher von Gott als Nährvater Jesu ausersehen war, trieb hier das Handwerk eines Zimmermanns und hielt sich fleißig zur Arbeit, während Maria das Kind pflegte. Es kam aber oft die Base Mariä, die heilige Elisabeth, über das Gebirge herüber, mit ihrem Söhnlein Sanct Johannes, welcher der Vorläufer Christi geworden und seine Ankunft verkündigt hat. Und die beiden Knaben hielten sich gern und treulich zusammen und redeten zueinander in einer Sprache, welche selbst Maria nicht verstand; und jedermann verwunderte sich über den Ernst und die Anmut und den Frieden und die Eintracht, wie sie beide zusammen wohnten in Liebe.

Aber auch mit andern Kindern war Jesus oft und gern beisammen, und es war nie Streit oder Neid oder Gehässigkeit unter ihnen, wenn

Jesus dabei war. Als eines Tages die Kinder mit Jesus zum Tor hinaus auf das Feld gehen wollten, so kamen sie auf einen Platz, da man Lehm gegraben hatte; und Jesus setzte sich auf denselben Platz nieder, und nahm mit seinen Händen von dem Lehm, und machte kleine Vögel daraus, so wie sie auf dem Feld fliegen. … Alsbald klopfte Jesus in die Hände, als wenn er die Vögel erschrecken wollte; da wurden sie lebendig und flogen auf gen Himmel wie andere Vögel.

Die Träume

Karl Röttger (1877–1942)

Eines Menschen und einer Seele Reifwerden ist Aufwachen. Beim Kind aber sind noch viele Träume dazwischen. Träume in den Nächten, Träume auch im Tag, in der Einsamkeit des Denkens und Fühlens, in der Landschaft und unter den Sternen. Träume sind eine andere Wahrheit neben den Wahrheiten des Tages; aber nur bei solchen Menschen, die ihr Leben ohnehin in Wahrheit zu leben trachten. Deren Seele geknüpft ist an das blaue Seil der Sehnsucht, an das goldene Seil der Treue. Deren Herzflut die Farben Gottes widerspiegelt: Gold und Blau.

So war es bei Jesus, und Maria war ihm darin ganz nahe. In allem Aufwachen waren die Träume schön bei ihm.

Er träumte manchmal in den Nächten schön, holde Märchen aus Welt und Himmeln. Er träumte auch manchmal am Tag, wenn sein Herz dem Wehen und dem Licht, den Morgen und den Abenden, den Straßen im Land und den blauen Bergen am Horizont nachsann.

Mit solchen Träumen trat er manchmal unter sie, wenn er heimkam vom Feld in der Dämmerung oder wenn er aus der Kammer hervorging. Sodass sie wohl staunend stillstanden und der Hauch von etwas Überweltlichem oder sehr Fernem und Hohem sie berührte, wenn er sprach:

»Da ich in der Ebene stand, trug es mich fort auf die Zacken des Gebirges Gilead, und ich sah die Wüsten liegen, und es sah daraus mich an mit tausend glühenden Augen. Die sprachen: Wir hassen alles Lebendige, alle saftige, grüne, quellende Welt. Höre, so spricht die stumme glutäugige Wüste: Wir werden die Welt überwältigen.

Ich sprach: Was redet da und was sieht mich an? Es sprach: Die Seele der Dürre und Armut. Die Seele der Seelenlosigkeit. Gib Acht, alles soll so werden wie diese Seele: arm, dürr, ausgebrannt, des Menschen Seele und aller Kreatur Seele. Ich sprach: Das wird Gott wehren. Und ich werde das auch wehren. Aber es wehte mich heiß an, dass ich erschrak. Und ich sah um mich und über mich und hinter mich, ob wo ein Zeichen sei, das mir Recht gebe. Und da sprach eine Stimme: Erschrick nicht, mein Kind. Aber ich sah nichts als die stumme Verlassenheit. Aber danach sah ich hinter mir im Westen eine Wolke heraufziehen, dick, schwarz und mit schwerhängendem Bauch. Und die zog herauf und entlud sich über uns. Und da war süße feuchte Seligkeit in mir. Und als sie vorübergerauscht war und ich noch im Abendschein ein wenig ging in der Wüste und meine Augen über den Boden hinstrichen, sah ich: eine Blume; seht doch, eine Wüstenblume. Denn wisst, ganz tot ist auch die Wüste nicht. Und das mich angesehen hatte und zu mir gesprochen hatte, war nur ein Traum gewesen.«

Oder er sprach: »Vor Abend, als die Sonne hinter den Hügeln sank, war ein Tor aufgetan, das stand im Himmel schwarz und groß und oben rund gebogen. Daraus kam eine Stimme, die schrie mich an: Schaue mich an! Und ich schaute sie an, sagte aber nichts. Und da sprach es weiter: Du kennst mich nicht? Ich sprach: Nein! Es sprach: Alles muss diesen Weg gehen, was da ist und wird und sein wird, denn alles wird einmal nicht sein. Darauf sprach ich und musste ein wenig lächeln: Was spricht so? Denn ich dachte bei mir: Wie kann etwas nicht sein, das ist? Da antwortete mir das Schwarze: Ich bin der Tod. Und da senkte ich mein Haupt. Denn, nicht wahr, der Tod ist groß und rätselhaft!

Aber da sprach eine Stimme leise und heimlich und süß und tröstend zu mir: Mein Kind, was lässt du dich stumm machen von einem großen, schwarzen, redenden Loch in der Himmelswand? Gehe hin und schaue! Und da hob es mich auf, und danach stand ich im Tor und schloss ein wenig die Augen, weil es mich anfiel, als sollte ich mich doch fürchten. Aber dann stand ich und sah: Es war weiter nichts da als eben das Tor, dahinter aber war das Dunkle nur samtblauer Himmel, darin unzählige Sterne zu scheinen anfingen.«

Maria aber bewahrte alles wohl in ihrem Herzen; und ihr Herz war dem seinen nahe, und sie suchte es alles zu fassen und zu deuten, was Jesus, das Kind, Seltsames erlebte. Und es waren da noch Träume der Nacht, wirkliche Träume, nicht Entrückungen des Tages, die er dann wohl leise an ihrem Hals oder in ihrem Schoß erzählte. Denn alle einsame Seele, wie Jesus eine war, bedarf wohl des Trostes, dass eine andere Seele ihr zuhört.

Und Maria sann allem nach und fand dies: Er sollte Freunde haben, Kinder, die um ihn sind.

Und eines Tages waren sie da. Maria hatte sie ihm gezeigt, durch den Zaun, auf der Straße, Kinder, in deren Antlitz sie eine Schönheit sah, eine Nachdenklichkeit, eine Zutraulichkeit, einen Glauben, eine Liebe.

Und nun waren sie da und saßen um ihn. Und an einem Tage hatte er begonnen, auch zu ihnen zu sprechen, wie vordem zu seiner Mutter, erst mit leiser Stimme, erst noch schüchtern, aber dann ruhig und fest.

Und es geschah dann öfter, dass sie sprachen: »Jesus, erzähl eine Geschichte, erzähl ein Märchen.«

Oder: »Jesus, hast du etwas geträumt?«

Und er lächelte dann.

Er sprach: »Ich will euch erzählen, wie einmal, da ich noch im Himmel war, ein Engelchen weinte.«

Da fragte eins der Kinder: »Woher weißt du denn das? Wir waren doch nicht im Himmel, wir wollen erst hineinkommen, später.«

Jesus sah das Kind mit seinen blauen Augen an und sprach langsam: »Wir waren darin. Manchmal auch sinkt er noch auf uns herab; ihr werdet das wissen. Hört! Das war, als der Vater die Welt schuf, als er mit seiner ungeheuren Kraft gegen die Finsternis anging, da er gegen die ziehenden Schwaden der Wildnis des Raumes stand, als zum ersten Male gesät wurde.«

»Zum ersten Male gesät«, sagte ein Kind. »Das muss schwer gewesen sein.«

»Ja. Er stand wie ein Bauer im Sturm des Herbstes, wenn er die Körner sät. So säte Gott Licht und alles andere. In der Tiefe stand er, ungeheuer groß und ungeheuer schaffend. Und die ziehenden Schwaden des Nebelgraus und der Feuchte gingen über ihn, sodass er von oben, vom Himmel, manchmal eine Weile unsichtbar war. Und da war nun ein Engelchen, das liebte ihn besonders, und das flatterte, als es das sah, ängstlich über dem Abgrund, wo Gott stand und säte, und rief mit seinem kleinen Stimmchen immer hinab: »Vater, wo bist du? Vater, komm herauf, geh nicht unter.«

»Gott kann ja nicht untergehen«, sagte ein Kind.

»Eben das«, sagte Jesus. »Aber ihr müsst nicht meinen, das Engelchen habe an Gott und seiner Göttlichkeit gezweifelt; es war nur, dass es die Mühe Gottes sah, darum weinte es so. Und seine Tränen fielen in den Abgrund, während es wie ein verirrtes Vögelchen im Blauen flatterte, und diese Tränen waren wie fruchtbarer Regen auf das Land und waren zischend heißes Aufleuchten in der Tiefe. Und Gott freute sich dessen. Aber er musste sehr lachen über des Engelchens Sorge.

Zwischen dem Säen winkte er einmal hinauf und rief: Sei doch still, Kindchen, ich komme gleich. Dann war er auf einmal oben, lachte, schüttelte den Regen und die feuchte Erde von sich ab, sah lachend im Kreise und griff dann das kleine nackte Engelchen auf einmal, drückte es an sich, dass es erschrak, und sagte: Nun? Da musste es lächeln, aber weil es sich ein wenig schämte, legte es das Gesicht und besonders die Augen an den großen breiten Nacken und Hals vom Vater. Der aber streichelte ihm über die Haare und über den roten Rücken und lachte noch immer und sagte: Nein, Kind, wie du flattertest und riefst, es war zu schön. Und streichelte ihm die roten Wangen und die blanken Arme. Denn mein Vater liebt alles schöne blühende Leben.«

Hier schwieg Jesus. Und die Kinder schwiegen auch. Danach sagte eins:

»Nun erzähl uns mal etwas ganz Schönes.«

»War denn dies nicht schön?«, fragte Jesus erstaunt.

»Doch! Doch! Nun aber etwas, bei dem man ganz fröhlich wird. Wenn du von Tränen und Angst erzählst, das steckt ein wenig an.«

»Oh, oh«, sagte Jesus. »Wirklich? Das müsste es nicht. Ich dachte, wenn etwas schön sei, und wenn jemand auch weint in der Geschichte, so könne es einen doch froh machen. Denn wisst: Das, worum man weint, das ist eigentlich nie da! Worum ängstigt man sich oder weint? Um eine Gefahr, die gar nicht ist, um einen Schmerz, den man so aus Versehen hat. Oder um etwas, das einen gar nichts angeht!« Dies aber verstanden die Kinder nicht, und sie schwiegen.

Jesus erzählte weiter: »Als die Menschen das Paradies verließen, das hinter ihnen versank, da sahen sie sich noch ein paarmal um, als müssten sie es mit ihren Augen halten. Aber sie konnten es nicht halten, es versank ihnen.«

»Ja, so war es. Aber wo ist es geblieben?«

Jesus sah das Kind an, das so fragte. Er sprach: »Das Paradies ist gar nicht verloren, es ist nicht ausgewischt, wie eine Schrift auf der Tafel, wie ein Bild, wenn man die Farbe abwischt. Es ist immer noch da.«

Das Licht der Welt

Henriette Brey (1875–1953)

Joachaz und sein blinder Sohn standen, in ihren Taleth* gehüllt, im Vorhof des Tempels, nahe beim Susator, an eine Säule gelehnt, und versuchten umsonst, vorzudringen in den »Beth-Mydrasch«, den Teil der Königshalle, in dem die Rabbiner lehrten.

Sie waren auf Reittieren gekommen, hatten ihre Andacht im Tempel verrichtet und wollten nun zu Hillel, dem »Fürsten der Rabbis«, der sich rühmen konnte, tausend Schüler zu haben. Doch das Gedränge im Beth-Mydrasch war in diesen Tagen größer als sonst. Hillel, der Hundertjährige, saß auf dem Lehrstuhl und die Blüte Israels hing an seinen Lippen.

* Gebetsschal

Auf den Marmorböden rings hatten die andern Rabbis Platz genommen. Zur Seite Hillels lag Simeon, sein Sohn, und in seiner Nähe stand Gamaliel, sein Enkel, ein Jüngling in Achiors Alter.

Aber nicht das allein verursachte den Andrang. Sondern seit zwei Tagen stand oft inmitten der Lehrer ein fremder Knabe, der ihnen zuhörte und sie fragte. Alle, die ihm zuhörten, staunten über seinen Verstand und seine Antworten, die von seltener Einsicht zeugten.

Auch die andern Knaben und Jünglinge fragten. Doch bei diesem war's anders! Er lauschte aufmerksam den Rabbis, seine Fragen klangen bescheiden und ganz kindlich, wie von einem, der Belehrung sucht. Und doch sprach daraus eine solche Weisheit, ein solches Licht, dass die Lehrer staunend lauschten und Hillel, der müde Greis, den Knaben mit den wissenden Augen an sich zog und gütig fragte: »Sag mir, mein Kind, woher bist du? Aus welchem Geschlecht?«

»Ich bin aus dem Hause Davids, Meister.«

Eine Bewegung ging über Hillels Züge. Forschend sah er in das edle, reine Knabengesicht mit der hoheitsvollen Stirn.

»Und woher kommst du?«, fragte er gespannt.

»Nazareth in Galiläa ist meine Vaterstadt.«

»Nazareth?«, rief Hillel enttäuscht …

Hatte er gehofft, Bethlehem zu hören? … Bethlehem, aus dem »ein Stern aufgehen« sollte? … Er strich mit der Hand über die Stirn, murmelte bewegt: »Der Herr hat dir Einsicht und Verstand gegeben, Knabe. Du wirst vielleicht dereinst eine Leuchte in Israel werden!«

Aber Chammai, der Strenge, eiferte neidisch: »Er ist kaum ein Ben-ha-Thorah* und will mitreden? Soll er erst lernen Ehrfurcht vor grauem Haar!«

Unwillig widersprach Hillel: »Nein, er hat die Ehrfurcht nicht verletzt. Keiner unserer Schüler war je so bescheiden und ehrerbietig. Frage nur, Knabe, es ist eine Lust, dich zu hören.«

---

* Hebräische Übersetzung des aramäischen »Bar Mizwah« (bei Jungen; bei Mädchen: »Bat Mizwah«): »Sohn/Tochter des Gebotes/Gesetzes«: Ausdruck für den Status der religiösen Mündigkeit im Jugendalter (und auch für den damit verbundenen Feiertag)

»Hast du die Propheten schon gelesen, he? Sag uns eine Stelle, damit wir deinen Verstand prüfen!«, fuhr Chammai boshaft dazwischen.

Das Kind richtete die tiefen Augen auf Chammai und sagte still, fast schüchtern: »So steht bei Osee: ›Was soll ich dir tun, Ephraim? Was soll ich dir tun, Juda? Eure Frömmigkeit ist wie Morgengewölk und wie der Tau, der früh dahinschwindet‹ – Ich bitte, Meister, erkläre mir diese Stelle.«

Chammai war etwas verlegen. Dann spreizte er beide Hände in die Luft.

»Nun, was heißt erklären? Ist doch klar genug, dass die Am Haarez* die Satzungen des Herrn nicht genug beobachten! Wenn sie nach dem Morgenopfer den Tempel verlassen haben, ist ihre Frömmigkeit dahingeschwunden wie eine Morgenwolke, vergangen wie der Tau. Sie gedenken nicht mehr der Vorschriften, sie tragen Lasten am Sabbat, halten die Reinigungen nicht, opfern nicht genug dem Tempel! Opfer und Gaben will der Herr – mehr Opfer, viele Schlachtopfer …«

Doch der Knabe schüttelte den Kopf und sagte traurig: »So las ich weiter bei Osee: ›Denn an Erbarmen habe ich Wohlgefallen, mehr als an Schlachtopfern; an Erkenntnis Gottes mehr denn an Brandopfern!‹«

Das Volk rings rauschte Beifall. Aber die Rabbis fuhren erregt durcheinander, und Chammai kreischte zornig auf: »Was erkühnst du dich, Knabe? Willst du es besser wissen als die Lehrer in Israel?«

Doch Hillel gebot mit der Hand Schweigen. »Sage mir, seltsames Kind: Hast du auch schon von Isaias, dem Gewaltigen, gelesen? Was sagt er Tröstliches von der Ankunft des Schilô,** des Messias?«

Der Knabe hob die jetzt leuchtenden Augen zum Himmel, kreuzte die Hände über der Brust, und feierlich klangen die erhabenen Worte durch die Tempelhallen:

»Dann scheint das Licht des Monds siebenfach, gleich dem Licht von sieben Tagen, zur Zeit, wenn der Herr die Wunden seines Volkes verbunden und die Schläge seiner Schäden geheilt hat. Siehe, der Name des

---

* Am Haarez: die einfachen Leute des Landes (hebräisch)

** Schilô (hebr. »Friedensstifter«): Name eines Erwarteten, »dem der Gehorsam der Völker gebührt« (Genesis 49,10)

Herrn kommt von ferne … Da werdet ihr singen wie in der geheiligten Festnacht, und euer Herz wird sich freuen, wie wenn man ginge mit Flöten, zum Berg des Herrn zu kommen, zum Starken von Israel, und schallen wird lassen der Herr seine herrliche Stimme!«

Die Zuhörer rings standen wie unter einem Bann. Man hörte plötzlich keinen Laut mehr.

Achior war schon beim ersten Wort des Knaben, das an seine Ohren drang, zusammengezuckt.

O, diese Stimme erkannte er aus Tausenden!

»Vater«, stieß er hervor …

»Ja, Achior«, flüsterte Joachaz aufgeregt. »Es ist der Knabe von ehegestern! – Welch ein Geheimnis liegt auf ihm? Ist er Josephs Sohn? Ist er ein künftiger Prophet? … Wir wollen nachher zu Hillel.«

»Still, still, Vater! … Was ist mir noch Hillel! Lass mich lauschen …«

Und er stand an der Säule und trank jedes Wort in sich hinein.

»Dann scheint das Licht des Mondes siebenfach, wie das Licht von sieben Tagen«, klang es in seinem Herzen nach. Tränen drangen wie glühende Tropfen aus seinen lichtlosen Augen …

Doch nun richtete der Knabe abschiednehmend einen langen Blick auf Hillel und grüßte ihn: »Der Friede sei mit dir!«, verneigte sich vor den andern und folgte seinen Eltern.

Atemlos hatte Achior zugehört. »Er geht fort!«, stieß er hastig hervor. »O Vater …«

Und dann verstummte er – denn wieder streichelte eine weiche Knabenhand die seine, und dicht neben ihm tröstete eine klare, süße Kinderstimme liebevoll: »Weine nicht!«

Dann war alles entschwunden … Der geheimnisvolle Lichtschimmer in seiner Seele war erloschen.

Die Blume der Menschenliebe

Paula Dehmel (1862–1918)

Einsam ist die Blume, von der ich euch heute erzählen will. Sie kennt nicht die frohen Tage des Frühlings noch die duftreichen Nächte des Sommers. Keine flüsternden Gefährtinnen wachsen neben ihr auf, kein Vogel singt sie in Träume. In Schnee und Eis muss sie schauen, der Nordwind streicht über sie hin, und das eintönige Krächzen der Rabenvögel ist ihre Musik.

Und doch ist sie weiß und zart wie nur eine ihrer Schwestern; anmutig wächst sie aus dem Kranz grüner Blätter empor, und ihr tiefer Kelch hütet die Geheimnisse der Blumen. Und sie fühlt keinen Winterschmerz! Still und stolz steht sie in ihrer Kraft. Sie weiß, dass sie begnadet ist: die einzige Blume, die im Winter blühen darf, die einzige Blume, die das heilige Christfest feiern darf mit den Bewohnern der Erde. Sage mir, Schwester der Lilie, was rief dich ins winterliche Leben? Was gab dir die Macht, der Kälte und dem Sturm zu trotzen? Warum schläfst du nicht im Frieden der Erde?

Die Blätter rauschen mir Töne und Akkorde zu, sie raunen und rauschen – Silben höre ich, Worte –, und nun will ich ihre Geschichte erzählen.

Es ist Totensonntag. Auf dem Wege zum Kirchhof geht eine stille dunkle Schar Menschen. Sie tragen Totenkränze, Tannenreiser und Immortellen, immergrüne Eichen und rote Vogelbeeren. Sie gehen schweigend, als dächten sie vergangener Tage oder träumten in banger Hoffnung von künftiger Helle. Der Letzte im Zug ist ein kleiner Knabe, der auf der Schulter ein grünes Holzkreuz trägt, eine schwere Last für einen jungen Körper! Es ist ein armseliges Kreuz, roh gefügt, mit abgeschrägten Ecken. Des Knaben Blicke aber ruhen liebevoll darauf; seine jungen, ungeübten Hände haben wohl selbst das Holz geschnitzt.

Aus der Kapelle des Totenhauses läutet die kleine Glocke, und andächtig zieht die Schar der Trauernden durch das Portal. Ein leiser Wind geht mit ihnen; es sind die Todesengel, die dem Zuge unsichtbar folgen.

Vom breiten Mittelweg aus verteilen sich lautlos die Gäste der Toten. Bald hat auch der blasse Knabe das Grab seiner Mutter gefunden. Es ist ein frischer Hügel; ohne Schmuck und ohne Pflege liegt er im kühlen Frühnebel. Der Kleine kniet nieder, pflanzt sein Kreuzlein zu Häupten der Toten und betet leise. Der Engel, der ihm folgte, beugt sich nieder, um die Inschrift zu lesen. »Liebe Mutter«, steht in großen, kindlichen Buchstaben auf dem Querholz, sonst nichts. Da küsst der Engel das Kind auf das Haupt.

Die andern Gräber schmückten sich nach und nach mit den Blumen und Kränzen der Leidtragenden; des Knaben Augen aber sahen angstvoll über das leere Grab, und ein Zucken des Schmerzes ging über das kleine Gesicht. »Lieber Gott«, betete er leise, »lass meiner Mutter auch eine schöne Blume wachsen, ich muss fort ins Waisenhaus und kann ihr keine mehr bringen. Du aber kannst es, lieber Gott, du bist gut und allmächtig, und ich bitte dich so sehr.«

Da küsste der Engel das Kind zum zweiten Male, und ein stiller Schein der Gewissheit kam in die braunen Augen des Knaben. Er rückte das Kreuzlein noch einmal zurecht, küsste das Grab seiner Mutter und folgte den andern Leuten, die den Heimweg antraten.

Der Engel aber flog heim zu Gott und brachte ihm den Wunsch des Knaben. »Es ist Winter«, sprach der Herr, »alle Pflanzen schlafen; soll ich dieses Kindes wegen meine ewigen Gesetze ändern?« »Deine Allmacht, o Herr, ist größer als dein Gesetz, deine Güte reicher als dein Wille!« Da lächelte der Herr, dass die Wolken erstrahlten und ein Klingen durch die Sterne ging. »Komm«, sagte er zum Engel, und sie traten schweigend in den Garten des Paradieses.

Dort blühen die Blumen, die achtlose Hände auf Erden fortgeworfen und achtlose Füße zertreten haben. Schöner blühen sie hier im himmlischen Licht als in der irdischen Sonne; und als der Schöpfer zu ihnen trat, reckten sich Ranken und Gräser ihm entgegen, und die Kelche strömten über von Duft und Glanz.

Gott aber trat zu einer weißen Lilie, nahm die Zitternde aus dem Schoß des Himmels, küsste sie und gab sie dem Engel. »Dem Erdenkind zur Freude und meinem Sohn zum Angedenken blühe diese Botin des Himmels künftig auf Erden in Eis und Schnee. Die Winde sollen ihren

Samen durch die Länder des Nordens tragen; die Wärme meines Willens ströme durch ihre Wurzeln und bleibe ihr für die Dauer der irdischen Zeit!«

»Du aber lege das Zeichen des Todes ab und schütze den Knaben mit dem warmen Herzen. Breite deine Flügel um ihn aus, dass der Same, der in seiner Seele keimt, auch in Frost und Dürre nicht ersterbe und die Blume der Menschenliebe daraus erblühe; sie ist holder als alle Blumen des Paradieses.«

Dankbar neigte sich der Engel, küsste des Herrn Gewand und ging, seinen Befehlen zu folgen.

So ist die Christblume auf die Erde gekommen, und fromme Menschen fühlen ihren heiligen Ursprung.

V

»Zeit der Gnade«
(Jesaja 49,8)

DAS LICHT GOTTES

Zeit der Gnade

Der Prophet Jesaja (ca. 740–701 v. Chr.)

So spricht der HERR:
Zur Zeit der Gnade habe ich dich erhört,
am Tag des Heils habe ich dir geholfen.
Und ich forme dich
und mache dich zum Bund mit dem Volk,
um das Land aufzurichten
und das verödete Erbe zu verteilen,
den Gefangenen zu sagen: Kommt heraus!
und denen, die in der Finsternis sind: Zeigt euch!

Jesaja 49,8–9

Die blaue Blume

Lukas Klose (1888–1961)

Er öffnete nur ein wenig die kleine, verquollene Fensterluke der Berghütte und horchte durch den feinen Spalt hinab in das verschneite Tal, das langarmig in das winteröde Land hinausgriff. Es rollte tief und mächtig herauf, wie Stimmen der Ewigkeit, und jubelte laut und freudig dazwischen. Die Glocken, die großen und die kleinen, läuteten die Weihnacht ein.

Und der graubärtige Künstler, der weltverlorenen Sinnes der Großstadt entflohen war und die Berghütte aufgesucht hatte, um einsam Weihnachten zu feiern, öffnete weit das kleine Fenster. Die kalte Abendluft des Winters schnob herein, voll vom heiligen Klang des Tals. Zitternd zündete der Alte in der düsteren Stube eine Kerze an. Sie streute mildes Licht über sein friedliches Gesicht und fingerte verschämt über den einfachen Hausrat und über altehrwürdige Gemälde am rauen Getäfel. …

Der Alte ging aus der Berghütte, ein Kästchen sorgsam an seinem Herzen bergend.

Eine Tanne stand windgeschützt an der verschneiten Berghalde. Dorthin lenkte er seine Schritte. Eine Kerze nach der anderen entnahm er dem Behältnis und steckte sie auf das Bäumchen mitten in den harten Schnee und die graugrünen Nadeln.

Dann zündete er die Kerzen an und kehrte heim. Von seiner Fensterluke sieht er das wehende Flimmern der Lichter und das zuckende Blitzen der Schneeflocken. Er schaut und schaut. Seine Seele entflieht dem Bewusstsein und wandert in Seligkeit.

Rehe kommen neugierig aus dem Wald und betrachten mit großen, glänzenden Augen das Bäumchen. Ein Rabe fliegt mit schweren Flügeln im weiten Lichtstreif und lässt sich nieder. …

Und im Schnee unter dem Bäumchen regt es sich. Hebt den Stengel, streckt die Knospe und zeigt die wundervolle Blüte. Es ist die strahlende, die blaue Blume. Sie leuchtet mit ihrem reinen Glanz über die funkelnden Sterne.

Und tausendfältig sprosst es auf dem schneeigen Anger. Märchenhafte Blumen stehen auf und heben ihre Köpfe zu den brennenden Lichtern.

Zwei Kinder kamen vom Tal herauf und tasteten mit bloßen Füßen über den blanken Schnee – arme, verlassene Kinder, ein Knabe und ein Mädchen. Sie sahen das flimmernde Bäumchen. Darunter die blaue Blume. Beide standen mit wunderndem Auge. Das Mädchen kniete nieder und streckte die weißen Finger, um die leuchtende Blume zu knicken. Da versank die Blume im Schnee.

Von fernher kam ein Stern. Er wurde größer und größer, zur strahlenden Sonne. Und siehe, aus dem Licht trat eine unendliche Schar heraus. Engel mit blitzenden Augen und goldenen Flügeln. Und als der Zug zu Ende war, erschien Maria mit dem Christkind.

Sie setzt sich unter den Baum auf einen Stein. Das Christkind aber wandelt um den lichtstrahlenden Baum, klatscht in die Hände und pflückt von den Blumen, die wundersam entsprossen.

Da erhebt sich wieder aus dem glänzenden Schnee die herrliche, schöne Wunderblume – die blaue Blume – und lässt sich pflücken – vom Jesuskind. Und der Gottesknabe legt den Strauß der Mutter in die Hände.

Das alles schaut der Künstler. Er sieht die Blume in Marias Händen. »Gib mir die blaue Blume!«, flüstert er. »Gib mir! Nichts als die blaue, herrliche Blume!«

Maria warf ihm einen liebevollen Blick zu. Hoch hob sie den blitzenden Kelch der Blüte und ließ ihn den Händen entschweben.

Und siehe, die Blume wandelte durch die Luft auf ihn zu. Sie kam an das Fenster des Künstlers.

Er nahm die Blume aus der Luft und steckte sie an sein Herz. Da war die Blume und alles verschwunden.

Es war aber seither etwas Inniges und Weihnachtliches in seinen Werken; denn in seinem Herzen blühte die strahlende, die wundersame Blume der Weihnacht – die blaue Blume.

Coelestina

Rudolf G. Binding (1867–1938)

Außer seinem Torhüteramt hatte der heilige Petrus auch noch die Aufsicht über die Sterne zu führen, von denen eine sehr große Zahl nicht im eigentlichen Himmel, sondern außerhalb desselben im ewigen unendlichen Raum verteilt war; und diese Aufgabe, welche ihn in seinem himmlischen Torwärterhäuschen keinen Moment schlafen ließ, machte ihm keine geringe Sorge. Denn gerade wieder einmal hatte sich unter den Sternen, besonders unter den kleineren, die bedauerliche Neigung eingestellt, ihren Platz plötzlich zu verlassen oder mit glänzenden Stücken um sich zu werfen, die sie planlos in das Weltall und nicht zum geringen Teil auf die Erde hinabschleuderten, deren Bewohner diese Vorgänge in klaren Novembernächten teils mit Bewunderung, teils mit Furcht beobachteten. Denn sie konnten sich von dem Herkommen der Sternschnuppen, wie sie die lichtglänzenden, am Himmel dahinfahrenden Sternstücke nannten, keine rechte Vorstellung machen. Besonders in dem Sternbild der Leoniden war in diesen Tagen wieder einmal der Teufel los, wie der heilige Petrus sagte, wenn er das Himmelstor hinter sich zugeschlagen hatte und im weiten Raum allein war, um an irgendeinem besonders rebellischen Punkt nach dem Rechten zu sehen und dem Verschleudern des kostbaren Sternenmaterials Einhalt zu tun.

Als er daher an jenem Samstagnachmittag die Engel so nichtsnutzig und nichtstuerisch herumlungern sah, kam ihm in seiner Arbeitsbedrängnis der Gedanke, ob er sie nicht in irgendwelcher Weise für sich anstellen könnte; und da er ihnen die himmlische Torhüterstelle unmöglich ohne das Umstoßen aller geheiligten Traditionen anvertrauen konnte, so machte er sie in der anderen ihm aufgebürdeten Obliegenheit dienstbar. Diese schien ihm für ihre geistigen Fähigkeiten, die er nicht allzu hoch anschlug, auch nicht zu schwer, zumal er sie anwies, etwaige widerspenstige Sterne, die das Schnuppen nicht lassen wollten, sofort von ihrem selbständigen Platz im Raum ab- und dem großem Strom derer zuzuführen, die auf der Milchstraße ihre leicht übersehbare und kontrollierbare Bahn am Himmelsgewölbe dahinziehen mussten. Die Englein, froh, einmal aus dem goldnen Himmelsgitter herauszukommen, unterzogen sich in gesonderten Trüppchen, immer ein größerer Engel mit einigen kleinen, auf die ihnen zugewiesenen Posten.

Anfänglich und bis in die Dämmerung hinein ging alles ganz gut. … Kaum aber war die Dämmerung vorüber und die Nacht über das blanke Himmelsgewölbe als ein schützendes schwarzes Tuch gegen mutwillige Beschädigung der Himmelspolitur ausgebreitet worden, als nach allen Seiten ein heftiges Feuerwerk und Bombardement mit Sternschnuppen vor sich ging und die Engel, welche einsahen, dass es eine unmögliche Aufgabe sei, die weggelaufenen Sternlein oder ihre losgeschleuderten Bestandteile wieder einzufangen, nichts weiter tun konnten, als die

Schuldigen aufzuschreiben, um sie dem heiligen Petrus beim Rapport zur Meldung zu bringen. Da erfuhr er nun, dass sie erst ihrer sieben gewesen seien, dass aber auf einmal das kleine Englein Coelestina beim Versuch, eine nichtsnutzige Sternschnuppe wieder einzufangen, so schnell in der Richtung nach der Erde verschwunden sei, dass sie vermuteten, es sei diesem Himmelskörper zu nahe gekommen und dann von der dort herrschenden Schwerkraft, vor der sie ja freilich oft genug gewarnt worden seien, da die kleinen Engel sie mit ihrer geringen Flügelkraft nicht überwinden könnten, auf sie herabgezogen worden. …

Als Coelestina dem Sternknirps aus dem Leonidenschwarm, welcher mit unglaublicher Geschwindigkeit der Erde zustrebte, nachsprang, um ihn an seinen Platz zurückzuführen, hatte sie ursprünglich nur vor, ihn bis zur Wolkenschicht zu verfolgen, welche grau und schwer ihr die gefährliche Nähe der Erde deutlich genug anzeigte. Aber von dem tollen Hinterherjagen war sie dermaßen in Schwung, dass sie noch ein ganz beträchtliches Stück über diese Grenze hinaus und in die dichten feuchten Massen hineinfuhr; und als sie dann unter Aufbietung aller Kräfte mit den Flügeln schlug, um wieder nach oben zu kommen, waren diese so nass geworden, dass sie nur noch unvollkommen ihren Dienst taten. Schon fühlte das Englein, wie die Schwerkraft, welche es sich wie eine große vielarmige Spinne vorstellte, seine Beine ergriff, und da verließ es bald aller Mut und damit auch die letzte Kraft für weiteren Widerstand. Die Erde zog es unbarmherzig an sich, es sank unter müdem Geflatter wie ein krankes Vöglein tiefer und tiefer, bis es endlich, etwas hart, wie ihm schien, im Kohlgarten eines Bauern auf dem Boden aufstieß. Es war ganz erschöpft und außer Atem und die irdische Luft kam ihm schwer und drückend vor im Vergleich mit der durch den Äther verdünnten himmlischen Atmosphäre. Da stand es nun fremd in einer fremden Umgebung und wusste nicht, was beginnen. …

Da begab es sich, … dass in einem benachbarten Dorf der Jungfrau Maria eine neue Kirche geweiht werden sollte; und der Herr Pfarrer hatte dazu von der Kanzel der alten baufälligen Dorfkirche, welche abgebrochen werden musste, die heilige Jungfrau selbst durch Gebet für den kommenden Sonntag eingeladen. … So gedachte Maria unauffällig und unerkannt wieder einmal auf Erden wandeln zu können. Sie erging sich ein wenig planlos und gelassen in den Feldern und fand sich bald auf einem kleinen Grasplatz Coelestina gegenüber. Diese erkannte sie sofort an den himmlischen Augen und an ihrem Wuchs, und nichts war natürlicher, als dass sie jetzt die Stunde der Erlösung aus ihrem Erdendasein gekommen glaubte. In ihrer Freude konnte sie sich gar nicht fassen und erzählte ihre Erlebnisse in solch einem krausen Gedankengewirr, dass die Mutter Gottes davon ganz benommen war und am Ende von Coelestinas Erzählung genauso atemlos dastand wie diese selbst. Das eine freilich war klar genug: der in eine Fülle von Wendungen, zärtlichsten Bitten, Bestürmungen und Umhalsungen sich immer wiederholende Wunsch Coelestinas, die Jungfrau möge sie alsbald mit sich in den Himmel emporheben. …

»Mein Kind«, sprach Maria, »es gibt für dich keinen anderen Weg, von dieser Erde wieder in den Himmel zu gelangen, als den, welchen alle diejenigen zu diesem Ziel beschreiten müssen, die auf ihr wallen: dass du nämlich den Tod erleidest und nach der Auferstehung durch das Himmelstor eingehst, das sich dir kraft der Leiden meines Sohnes nicht verschließen wird. Weine nicht«, fügte sie hinzu, als sie Tränen in Coelestinas Augen sah, »denn siehe, das irdische Leben ist kurz im Vergleich zu der ewigen Seligkeit des Himmels. Bedenke, dass auch ich es in Kummer getragen [habe] und es der Heiland in Leiden geendet hat, während außer Gott dem Vater nur ihr himmelseingeborenen Englein diese Bürde nicht auf euch zu nehmen braucht. Wenn du solches als eine unverdiente himmlische Gnade erkennst, mag das dir deine Prüfung leichter machen.«

Stern mit Sternfolgen

Rolf Walker (1932–2002)

Die Weisen aus dem Morgenland folgten dem Stern, der vor ihnen herzog, bis Bethlehem. Wo das Kind war, blieb er oben darüber stehen. Als die Morgenländer den neugeborenen König gebührend gefeiert hatten, zogen sie wieder in ihr Land. Den Stern – nun, den Stern vergaßen sie. Kein Mensch denkt an die Verkehrszeichen und Straßenschilder auf seinem Weg, wenn er sie nicht mehr braucht. Aber der Stern stand noch immer über dem Stall!

Abend für Abend zog er sein schönstes Goldfunkelndes an, Nacht für Nacht stieg er feuerrot am Himmel hinauf, Stunde um Stunde gab er sich die größte Mühe, in Richtung Bethlehem hinabzufunkeln und den Leuten entsprechend heimzuleuchten; er glitzerte, glänzte, glühte, mit einem Wort: Er verschwendete sich nur so mit dem Feuer der Begeisterung und Liebe.

Doch niemand nahm Notiz von ihm.

Die Weisen waren fortgezogen. Und was sonst noch vorhanden war, war eben noch vorhanden. Schon viele Sterne, sagt man, haben sich überlebt, und gelegentlich haben sie es sogar bemerkt. So ging es jedenfalls dem Weihnachtsstern, der immer bekümmerter am Himmel stand oder vielmehr herumhing. Er vereinsamte. Wie gern hätte er von etwas Schönerem geträumt als von seiner Vergangenheit, aber die war heller als alles. Als er noch leuchtete und etwas galt! Manchmal heulte er ungehemmt auf die Erde hinab, aber das hielten die Leute morgens für nichts als Tau und Nässe. Weinende Sterne haben es schwer, auf der Erde anzukommen.

Nur das Jesuskind, das durch ein Fenster im Stalldach zu seinem Stern hinaufsehen konnte, wusste etwas von seinem Kummer, nämlich alles. Der abnehmende Stern tat ihm leid. Als es ihn so in seinem Unglück am Himmel verkümmern sah, sagte das Kind auf einmal »du« zu ihm. Und: »Du, ehe du wieder ins Dunkel gehst, möchte ich dir eine

Freude machen!« Der Stern zuckte zusammen. »Ehe ich wieder ins – Dunkel gehe?«, fragte er erschrocken.

»Ja, ich möchte dir etwas schenken, das dich ewig aufhellt. Damit du ein schöner, blitzender Stern bleibst, wenn du wieder normal wirst. Schau her.«

Da sah der Weihnachtsstern mit großen Augen, wie er sich von jetzt auf nachher veränderte. Was war das? Er verlor seine Hinterpartie, sein Kometenstück. Sein ganzer schöner Schweif rutschte unter ihm weg wie ein Treibsatz von der Rakete und schoss wie ein feuriges Ungetüm auf die Erde zu.

Es war ein großartiger, schaurig erhebender Anblick, wie der Feuerschweif des Weihnachtssterns nach unten strömte, wo er mit gewaltigem Getöse und einer Orgie von Licht und Farben unweit von Bethlehem aufprallte und in tausend Sterne auseinanderstob.

Es zischte, es funkelte nur so!

Nach allen Seiten sprühten die Sterngarben. Wohin das Auge blickte, sprangen die Sterne in die Höhe und tanzten wieder herunter.

Es waren große und kleine Sterne, in die sich die bessere Hälfte des Weihnachtssterns bei ihrer Explosion auflöste.

Man sah es genauer, als sie auf die Erde fielen. Aus dem Weihnachtsstern entstanden: Sterne aus Gold und Silber, aus Glas und Porzellan, Strohsterne, Rauschgoldsterne, Papiersterne, Marzipansterne, Schmucksterne aus Holz und Wachs, dann die prächtige Gärtnerart Euphorbia pulcherrima, die man Weihnachtssterne nennt, oder Herrnhuter- und Sternsingersterne, Sterne aus Glühbirnen und Neonlampen, gemalte und gestickte, geschnittene und geschnitzte – auf Fahnen, Fenstern und Fernlastwagen, niemand kann sie alle aufzählen. Und sogar die kostbaren Augensterne kamen auf die Welt, herrlich glitzernde, festliche Lichter in Kinderaugen, Mädchenaugen, Menschenaugen – ein einziges weihnachtliches Aufleuchten.

Kurz, der Weihnachtsstern hinterließ durch seinen zerberstenden Kometenleib ein hundertfaches Sternwunder, das von Ort zu Ort sprang, von Kontinent zu Kontinent, und nicht zur Ruhe kommen wollte. Es wiederholte sich jedes Jahr. Es gab kein Weihnachten ohne diesen Sternsegen.

Ach, war das schön!

Was er mit seinem Schweif erlebte, ließ den Weihnachtsstern bei seiner Rückwanderung in die Tiefe des Weltalls, die er nun antrat, ruhig fortgehen. Er wischte sich die letzte Träne aus dem Gesicht, er atmete wie ein Kind vor dem Einschlafen. Jetzt war er wieder ein ganz gewöhnlicher, dankbarer Rundstern, dem es nichts ausmachte, von seiner einmaligen Rolle in seine Alltäglichkeit zurückzukehren. Immer wieder sah er sich nach den Sternen um, die er hinterlassen hatte. Sie freuten ihn.

Sagt es selbst, ist es nicht ein Glück, wenn ein Stern nicht umsonst in der Welt erscheint und es Jahr für Jahr erlebt, dass er etwas von seinem Licht verbreitet hat? Ein Stern mit Sternfolgen, schön, schön! So glitt der Weihnachtsstern ins Dunkel zurück, prächtig aufgehellt, wie das Christkind gesagt hatte.

Von Sanct Christophorus

Jacobus de Voragine (1228/29–1298)

Christophorus hieß vor seiner Taufe Reprobus, danach aber ward er Christophorus genannt, das ist: der Christus trägt. Denn er trug Christus auf vierlei Weise: auf seinen Schultern, da er ihn über das Wasser brachte; in seinem Leib durch die Kasteiung, die er sich antat; in seinem Geist durch seine innige Andacht; in seinem Mund durch sein Bekenntnis und durch seine Predigt.

Christophorus war geboren vom Volk der Chananaeer* und war von gewaltiger Größe und furchtbarem Angesicht und maß zwölf Ellen in

* Vom Volk der Chananaeer: vom Volk des Landes Kanaan. Die ostkirchliche Überlieferung stellt Reprobus, den späteren Christophorus, als Kynokephalen (Hundsköpfigen) dar, worin sich eine ältere Version der Legende fortsetzt. Im 6. Jahrhundert gelangte die Christophorus-Tradition in den Westen, wobei aus dem Hundsköpfigen ein Riese wurde. Walther von Speyer deutete im 10. Jahrhundert »genus canineorum« (»aus dem Geschlecht der Hunde«) um zu »Cananeus«, d. h. »kanaanäischer Herkunft«.

die Höhe. Man liest von ihm in etlichen seiner Geschichten, dass er einst stand vor einem König der Chananaeer; da kam ihm in den Sinn, dass er den mächtigsten König sollte suchen, der in der Welt wäre, und bei dem sollte bleiben. Also kam er zu einem großen König, von dem ging die Rede, dass es keinen größeren Fürsten in der Welt gebe. Der König nahm ihn mit Freuden auf und hieß ihn bei sich bleiben an seinem Hof. Eines Tages aber sang vor dem König ein Spielmann ein Lied, darin des Teufels Name gar oft genannt war.

Da nun der König ein Christ war, zeichnete er seine Stirn mit dem Zeichen des Kreuzes, so oft des Teufels Name genannt ward. Als Christophorus das sah, verwunderte er sich über die Maßen, warum der König das täte, und was er mit dem Zeichen meinte. Er fragte den König, der aber wollte es ihm nicht sagen. Da sprach Christophorus: »Sagst du es mir nicht, so bleibe ich nicht länger bei dir.« Also zwang er den König, dass er sprach: »Wann ich den Teufel höre nennen, so segne ich mich mit diesem Zeichen; denn ich fürchte, dass er sonst Gewalt gewinne über mich und mir schade.« Sprach Christophorus: »Fürchtest du den Teufel, dass er dir schade, so ist offenbar, dass er größer und mächtiger ist denn du, da du solche Angst vor ihm hast. So bin ich denn in meiner Hoffnung betrogen, da ich vermeinte, dass ich den mächtigsten Herrn der Welt hätte gefunden. Aber nun leb wohl, denn ich will den Teufel selbst suchen, dass er mein Herr sei und ich sein Knecht.« Also ging er von dem König und machte sich auf, den Teufel zu suchen.

Einst kam er in eine Einöde, da sah er eine große Schar Ritter; einer von ihnen war wild und schrecklich anzusehen, der kam zu Christophorus und fragte ihn, wohin er fahre. Er antwortete »Ich suche den Herrn, den Teufel, denn ich wäre gern sein Knecht.« Sprach der Ritter: »Ich bin der, den du suchst.« Des war Christophorus froh und gelobte ihm seinen Dienst für ewige Zeiten und nahm ihn zu seinem Herrn. Da sie nun miteinander dahinzogen, kamen sie einst auf eine Straße, da war ein Kreuz am Weg erhöht. Alsbald der Teufel das Kreuz sah, floh er voll Furcht und ließ die Straße, und führte Christophorum zur Seite einen rauen und wüsten Weg, und danach wieder zu der Straße. Christophorus verwunderte sich darob und fragte ihn, warum er den geraden Weg habe gelassen und auf solchen Umwegen durch die Wüste sei gefahren.

Der Teufel wollte es ihm in keiner Weise sagen, aber Christophorus sprach: »Sagst du es mir nicht, so gehe ich alsbald von dir.« Also zwang er den Teufel, dass er sprach: »Es ist ein Mensch gewesen, Christus mit Namen, den hat man ans Kreuz geschlagen; und so ich dieses Kreuzes Zeichen sehe, so fürchte ich mich sehr und muss es fliehen.« Sprach Christophorus: »So ist dann jener Christus größer und mächtiger denn du, so du sein Zeichen so sehr fürchtest? Also war meine Mühe umsonst, und ich habe den größten Fürsten der Welt noch nicht gefunden. Lebe nun wohl, denn ich will von dir scheiden und Christus suchen.«

Er suchte lange Zeit, ob ihm jemand von Christus möchte Kunde geben. Zuletzt kam er zu einem Einsiedel, der predigte ihm von Christus und unterwies ihn mit Fleiß im Glauben. Und sprach zu Christophorus: »Der König, dem du dienen willst, begehrt, dass du viel fastest.« Antwortete Christophorus: »Er fordere von mir ein ander Ding, denn dies vermag ich nicht zu tun.« Sprach der Einsiedel: »Es ist not, dass du viel zu ihm betest.« Antwortete Christophorus: »Ich weiß nicht, was das ist, und kann ihm darin nicht folgen.« Da sprach der Einsiedel: »Weißt du den Fluss, darin viele Menschen umkommen, so sie hinüber wollen fahren?« Antwortete Christophorus: »Ja, ich weiß ihn.« Und der Einsiedel sprach: »Du bist groß und stark. Setze dich an den Fluss und trage die Menschen dahinüber, so wirst du Christus dem König gar genehm sein, dem du zu dienen begehrst; und ich hoffe, dass er sich dir daselbst wird offenbaren.« Sprach Christophorus: »Das vermag ich wohl, und will ihm hierin dienen.« Also ging er zu dem Fluss und baute sich an dem Ufer eine Hütte. Er nahm eine große Stange in seine Hand statt eines Stabs, darauf stützte er sich im Wasser und trug die Menschen alle hinüber ohne Unterlass.

Danach über manchen Tag, da er einst in seiner Hütte ruhte, hörte er, wie eines Kindes Stimme rief: »Christophorus, komm heraus und setz mich über.« Er stand auf und lief hinaus, konnte aber niemanden finden; also ging er wieder in seine Hütte. Da hörte er die Stimme abermals. Er ging wieder hinaus und fand niemanden. Danach hörte er die Stimme zum dritten Mal wie zuvor; und da er hinausging, fand er ein Kind am Ufer, das bat ihn gar sehr, dass er es hinübertrage. Christophorus nahm das Kind auf seine Schulter, ergriff seine Stange und ging in das Wasser. Aber siehe, das Wasser wuchs höher und höher, und das Kind ward so schwer wie Blei. Je weiter er schritt, je höher stieg das Wasser, je schwerer ward ihm das Kind auf seinen Schultern, sodass er in große Angst kam und fürchtete, er müsste ertrinken. Und da er mit großer Mühe durch den Fluss war geschritten, setzte er das Kind nieder und sprach: »Du hast mich in große Fährlichkeit gebracht, Kind, und bist auf meinen Schultern so schwer gewesen. Hätte ich alle diese Welt auf mir gehabt, es wäre nicht schwerer gewesen.« Das Kind antwortete »Des sollst du dich nicht verwundern, Christophorus; du hast nicht allein alle Welt auf deinen Schultern getragen, sondern auch den, der die Welt erschaffen hat. Denn wisse, ich bin Christus, dein König, dem du mit dieser Arbeit dienst. Und damit du siehst, dass ich die Wahrheit rede, so nimm deinen Stab, wenn du wieder hinübergegangen bist, und stecke ihn neben deiner Hütte in die Erde; so wird er des Morgens blühen und Frucht tragen.« Damit verschwand er vor seinen Augen. Christophorus aber ging hin und pflanzte seinen Stab in die Erde; und da er des Morgens aufstand, trug der Stab Blätter und Früchte als ein Palmenbaum.

Danach kam Christophorus in die Stadt Samos im Land Lycien. Und da er die Sprache des Landes nicht verstand, bat er den Herrn, dass er ihm verleihe, sie zu verstehen. Da er also im Gebet lag, ließen ihn die Richter liegen, denn sie meinten, er wäre unsinnig worden. Christophorus aber empfing, worum er hatte gebeten, und bedeckte sein Angesicht und kam zu dem Richtplatz, und stärkte die Christen, die da gepeinigt wurden, im Herrn. Und da ihn der Richter einer ins Angesicht schlug, entblößte er sein Antlitz und sprach: »Wäre ich nicht ein Christ, wahrlich ich wollte mich bald rächen.« Dann nahm er seinen Stab und steckte ihn in die Erde, und bat Gott, dass er ihn grünen ließe, damit das Volk davon würde bekehrt. Das geschah alsbald, und es wurden achttausend Menschen gläubig.

Da sandte der König zweihundert Kriegsknechte aus, die sollten ihn greifen. Aber sie fanden ihn im Gebet, und wagte keiner, ihm dies zu sagen. Der König sandte abermals zweihundert, die beteten mit ihm, da sie ihn beten sahen. Christophorus erhob sich und sprach: »Wen sucht ihr?« Da sahen sie sein Angesicht und sprachen: »Der König sendet uns, dass wir dich gefesselt vor ihn bringen.« Sprach Christophorus: »Gefällt es mir, so mögt ihr mich weder los noch gebunden mit euch führen.« Da sprachen sie: »Willst du nicht, so gehe frei, wohin du willst; so werden wir dem König sagen, dass wir dich nirgends mochten finden.« Sprach Christophorus: »Das sei ferne, sondern ich will mit euch gehen.« Also bekehrte er sie zum Glauben und ließ sich von ihnen die Hände auf den Rücken binden und also gebunden vor den König führen.

Als der ihn aber erblickte, erschrak er, dass er von seinem Thron fiel. Seine Diener hoben ihn wieder auf, und er fragte Christophorus nach seinem Namen und Vaterland. Christophorus antwortete: »Vor meiner Taufe war ich Reprobus genannt, nun aber heiße ich Christophorus.« Der König sprach: »So hast du einen törichten Namen an dich genommen, den Namen des gekreuzigten Christus, der sich selbst nicht mochte helfen und auch dir nicht helfen wird. Nun aber, chananaeischer Zauberer, warum opferst du unsern Göttern nicht?« Christophorus antwortete: »Wahrlich, du heißt mit Recht Dagnus,* denn du bist der Tod der Welt, ein Geselle des Teufels; deine Götter aber sind von Menschenhänden gemacht.« Sprach der König: »Du bist unter wilden Tieren auferzogen, darum magst du nichts anderes reden denn wilde Dinge, die den Menschen unbekannt sind. Willst du nun opfern, so will ich dir zu großen Ehren helfen; tust du es nicht, so sollst du sterben mit großer Pein.« Und da er nicht opfern wollte, ließ er ihn ins Gefängnis werfen; die Kriegsknechte aber, die Christophorus zum Glauben hatte bekehrt, die hieß er um Christi Namen enthaupten.

Danach ließ er zwei schöne Mägde zu Sanct Christophorus in den Kerker schließen, die eine hieß Nicaea, die andere Aquilina; und gelobte ihnen großes Gut, so sie ihn zur Sünde möchten verleiten. Als Christophorus das sah, gab er sich alsbald an sein Gebet. Die Mägde streichelten ihn mit ihren Händen und legten ihre Arme um ihn; da stand er auf und sprach zu ihnen: »Was sucht ihr, und warum seid ihr hierhergekommen?« Da erschraken sie vor der Klarheit seines Angesichts und

* Der König Dagnus der Christophoruslegende wird in der westlichen Tradition mit dem römischen Kaiser Decius (reg. 249–251), einem Christenverfolger, gleichgesetzt.

sprachen: »Erbarme dich unser, du Heiliger des Herrn, und mache, dass auch wir an deinen Gott glauben.«

Als das der König vernahm, ließ er sie vor sich führen und sprach: »Also seid auch ihr verführt? Ich schwöre euch bei den Göttern: Opfert ihr nicht, so sollt ihr eines bösen Todes sterben.« Sie antworteten: »Willst du, dass wir den Göttern opfern, so gebiete, dass man die Märkte säubere und alles Volk sich sammle in dem Tempel.« Das geschah. Aber da sie in den Tempel traten, lösten sie ihre Gürtel, taten sie den Götterbildern um den Hals und rissen sie herab, dass sie zu Staub zerbrachen; und sprachen zu dem Volk: »Geht und holt Ärzte, dass sie eure Götter heilen.«

Da gebot der König, dass man Aquilina aufhenke und einen schweren Stein an ihre Füße binde, also dass alle ihre Glieder zerzerrt wurden. Als sie zum Herrn war gefahren, ward ihre Schwester Nicaea in ein Feuer geworfen, und als sie unversehrt darausging, schlug man ihr das Haupt ab. Danach ward Christophorus vor den König geführt. Der ließ ihn mit eisernen Ruten schlagen und danach einen glühenden Eisenhelm auf sein Haupt setzen und ihn auf einen eisernen Schemel binden, darunter ein Feuer mit Pech entzündet ward. Aber der Schemel schmolz wie Wachs, und Christophorus stand unversehrt. Danach ward er an einen Pfahl gebunden, und vierhundert Kriegsknechte schossen mit Pfeilen auf ihn. Aber die Pfeile blieben alle in der Luft stehen und mochte ihn keiner treffen.

Der König vermeinte, er wäre von den Rittern getroffen, und wollte ihn verspotten; da fuhr der Pfeile einer herab aus der Luft, wandte sich und traf den König ins Auge, dass er erblindete. Da sprach Christophorus: »Morgen, o König, bin ich tot. Dann nimm von meinem Blut und mache einen Kot daraus und bestreiche damit dein Auge, so wirst du dein Gesicht wiederhaben.« Also ward Christophorus auf des Königs Gebot zum Tod geführt, und da er sein Gebet gesprochen hatte, ward ihm das Haupt abgeschlagen. Der König aber nahm ein weniges von seinem Blut, tat es auf sein Auge und sprach: »Im Namen Gottes und Sanct Christophorus.« Da war er alsbald gesund und ward gläubig. Und gab das Gebot, wer Gott oder Sanct Christophorus lästere, der solle mit dem Schwert geschlagen werden.

Ambrosius sagt in seiner Praefatio über den Märtyrer: »Herr, du hast dem Christophorus so viel Kraft und Weisheit gegeben, dass er 48.000 Menschen von dem Irrglauben der Heiden zum Christenglauben brachte mit vielen Wundern. Nicaea und Aquilina, die lange Zeit der öffentlichen Unzucht hatten gedient, die brachte er wieder zur Reinigkeit und lehrte sie die Märtyrerkrone empfangen. Im brennenden Scheiterhaufen, auf dem eisernen Schemel fürchtete er die Glut nicht, und einen ganzen Tag lang vermochten die Kriegsknechte nicht, ihn mit ihren Pfeilen zu durchbohren. Einer von den Pfeilen fuhr dem Henker ins Auge; aber das Blut des Heiligen, mit Erde vermischt, gab ihm das Licht wieder. Und mit der leiblichen Blindheit ward auch die geistige von ihm genommen, denn er fand Gnade vor dir. Und der Heilige ward seiner Bitte gewährt, dass er Krankheit und Siechtum vertreibe.«

Die Legende vom Herrn

Walter von Molo (1880–1958)

Mit hochgezogenen Knien, die Arme darum geschlungen, den Kopf starr erhoben und den Blick zum Feuer des Brandaltars zu Jerusalem gerichtet, saß Jesus.

Die Nacht erhellte sich.

Lautlose Flügel umflatterten Jesu Haupt; vierbeinig und mit buschigem Schwanz glitt etwas von ihm weg, er rührte sich nicht; Fledermäuse ritten und glitten um ihn und segelten in die fahle Weite davon, aus der sie kamen, und sie kehrten wieder wie Boten aus einer anderen Welt. Jesus rührte sich nicht.

Aus dem Felsengeklüft klagte die Stimme eines Nachtvogels, Gestalten quollen um Jesu Haupt und verschwanden in der Nacht, Gestalten flossen aus der Nacht zusammen und verschwanden in Jesus. Kälte durchzog Matthäus, spitze Finger kratzten seine Wangen; etwas, das nicht im Sonnenlicht lebte, glitt über ihn; die Anspannung des aufgereckten Körpers schmerzte und die Glieder taten weh. Mit steifen Fingern nestelte Matthäus das Amulett los, welches ihm am Hals hing; er hielt es vor sich, und er küsste es und flüsterte in die Nacht:

»Ich kenne eure Namen, Dämonen, ich kenne eure Namen, weicht von mir.«

Doch das eisige Wehen aus der Finsternis wurde ärger und stärker; tastend suchte Matthäus einen scharfkantigen Stein, er entblößte die Brust und riss sich mit dem Stein die Haut. Er sprengte die Blutstropfen in die Dunkelheit und flüsterte:

»Sättigt euch, Dämonen, sättigt euch, lasst ab von mir.«

Heulend verschwand eine Nachtgestalt im Abfall des Steingewirrs abwärts. Die Geister kamen nun in Tiergestalt, sie sahen aus wie riesige Katzen, wie Bären, wie Adler und Parder,* wie Hyänen und Schlangen, wie riesige Eidechsen mit Menschengliedern, wie zusammengesetzt und durcheinandergeschlungen, zerbrochen und doch in riesigen Ballen, aus dem es mit züngelnden Zungen geiferte und mit bleckenden Zähnen knurrte. Sie rollten von einer steilen unsichtbaren Berglehne herab, wie eine große Kugel, die sich zum Himmel emporbaut, und ihre Schuppen und Gebeine zischten, und Blut floss in finsteren Bächen; schwarze Stierhörner ragten wie Felsen und Bergesgipfel aus aufgetürmter Welle. Eine weiße Taube flatterte dazwischen, daraus hervor, darauf nieder, und der Knäuel der Unholde zerbarst.

Neue Fratzen und Tiergestalten drängten aus der Nacht hervor, übereinandergeschoben und miteinander ringend, auseinander begehrend, lichte Lohe wehte aus ihren Rachen, übelriechend wie der stinkende Brand von Fleisch und Fett. Immer mehr wurden die Köpfe, es waren platt eingedrückte Schlangenköpfe darunter, bösartig mit den Augen funkelnd hingen die Schlangen von dicken Baumästen nieder, um die sich die Leiber rund und voll schlangen und wanden, lautlos in wiegender Bewegung …

Alle Zungen und alle Rachen stießen aufwärts, und Matthäus wollte schreien, da war plötzlich wieder die weiße Taube vor ihm und stieß

---

* Parder: Leoparden

nieder, und die Brut der Dämonen zerstob und zerfiel wie dürres Laub im Frost, welches eine mächtige Faust vom Stengel schlägt.

Nun rückten riesige Fresser und Nager an, Hornissen und Wespen, in großen Schwärmen und Heuschrecken, unübersehbar wie Wolken. Sie rasselten wie Schlachtwagen, wie gepanzerte Reiter, in dichten Schwärmen hüpften und rasten sie heran; Feuerflammen zwischen sich emporlodernd und vor sich hinsendend, überstiegen sie die Mauern des Walls, sie quollen gleich unbesiegbarem Kriegsvolk durch die Lücke, durch das Gesträuch, dessen Äste und Zweige wie Lanzen und Spieße ragten und vor ihnen niederbrachen. Da hob sich alles und zerfloss unter den Fittichen der weißen Taube, die niederflatterte und dann in der Nacht verschwand.

Ein Löwe mit Menschenantlitz und mit Augen wie ein Mörder schlich heran, da gelang Matthäus der Schrei: »Lass von mir, trink mir nicht die Adern aus!« Da flatterte die weiße Taube vor ihm hoch, sie nahm Menschengestalt an und stand vor ihm und lächelte, dass sich seine Fäuste entspannten. Es war wie die Erscheinung des Propheten, dem er gestern oder vorgestern oder seit vielen Jahren gefolgt war oder folgte.

Flehend streckte Matthäus die Hände nach der Erscheinung aus und bat schluchzend: »Lass mich nicht versinken, Herr, gebiete den Gräueln, denn du vermagst es.«

»Steh auf, Matthäus!«

Wie ein Toter, der wieder zum Leben erwacht, so erhob sich und so stand Matthäus auf schwankenden Beinen vor seinem Herrn; sein verrenkter Körper schmerzte, und die Welt schwankte um ihn und mit ihm. Die Nacht war hell wie die Morgendämmerung eines neuen Tages. Aufwärts rauchten die Nebel aus den Niederungen des finsteren Gesteines, sie lagen wie blasse Schlangen in den Schlünden der Gebirge und bewegten sich träge und drehten sich, der Himmel war blind.

»Ängstige dich nicht der Blöße deiner Seele«, sprach Jesus, »der Neugeborene ist immer hilflos und wankend. Ich kann dich bekleiden.«

»Guter Herr, steh mir bei.«

»Folge meinen Worten, dann wirst du selig werden.«

»Wohin, Herr, soll ich dir folgen? Ich will dir überallhin folgen …, denn jetzt habe ich niemanden mehr als dich.«

»Des Menschen Dämon ist die Furcht, du kannst sie bannen. Glaube nicht, dass du dich fürchten musst. Der Mensch ist nicht schwach und nicht hilflos, er trägt alle Kraft Gottes in sich. Wenn du recht lebst, dann stirbt das Üble von selbst, dann muss es sterben, denn ein Gefäß, das nicht mehr gefüllt wird, wird leer, und was ausgestorben ist, ist nicht mehr da, und was nicht mehr da ist, kann nicht mehr schrecken.

Glaube mir, Matthäus, die Furcht stammt nicht von meinem Vater. Glaubst du das, Matthäus? Kannst du das glauben?«

»Ja, Herr, aber Gott ist doch so furchtbar und so über jeden Verstand?«

»Sein Wesen ist in dir Fleisch geworden, es vermag dich über die abgründigen Labyrinthe seiner Welten emporzutragen, aber ihr wollt ihm nicht glauben. Wenn es dir gelänge, Matthäus, dich meinem Vater mit der gleichen Liebe hinzugeben, mit welcher er euch alles hingab und hingibt, du wärst gar schnell erlöst. Kannst du das nicht tun, mein Matthäus?«

»Ich will alles tun, was du willst, Herr, denn sonst versinke ich.«

»Warum gebt ihr der Einbildung der Furcht alle Macht über euch?«, sprach Jesus. »Warum gebt ihr nicht der Hoffnung alle Macht über euch? Wenn euch die Furcht zu regieren vermag und alles so hässlich macht, warum räumt ihr nicht dem Glauben an die Liebe und Güte meines Vaters die gleiche Macht in euch ein?

So ihr an die Liebe und die Kraft in euch, alles zu überwinden, glaubt, wird die Liebe statt der Furcht allmächtig in euch. Glaube mir, Matthäus, die Hoffnung ist stärker als die Furcht. Wenn ihr nur dies glauben wolltet.«

»Sieh mich an«, sprach Jesus, »bin ich nicht allein und heimatlos, wandere ich nicht arm und verlassen und von vielen verlacht und von allen missverstanden als ein schwacher Mann, der nicht einmal stark genug war, das Handwerk seines Vaters zu treiben, und fürchte ich mich?«

Große Helle entstand über den Höhen des Gebirges und in den Tälern. Von Freude erfüllt wurde Jesu Antlitz; er sah in des Matthäus Augen dessen Seele demütig hervorkommen und hingegeben und ohne Vorbehalt nahen.

Wie ein Baum voll von Früchten im Sonnenlicht steht und leuchtet, so ging und so floss Kraft aus Jesus und zu ihm. …

Immer neue Scharen flossen heran, auch aus Jerusalem drängten Scharen nach und heran; des Nachströmens wurde kein Ende. Die Häscher aus Jerusalem, welche dem Zug folgten, getrauten sich nicht einzugreifen; unsicher umkreisten sie die, welche aus der Hürde des Hohen Priesters ausgebrochen waren und mit Samaritanern und Heiden zogen.

Gewaltig brauste der Zug dem König der Juden entgegen. Erst am späten Vormittag, als die schneebedeckten Höhen des Hermon vor ihnen aufragten, erreichten sie Jesus. Die Wasserfläche des Jordans neben ihm war mit Booten und Kähnen bedeckt, welche aufwärts ruderten.

Ein hoher Schein lag auf Jesu Stirn, als er zu sprechen begann:

»Hört, was mir mein Vater verkündigt hat.«

Die Boote und Kähne hielten, und die Massen am Ufer saßen in langen Reihen nieder, und aller Augen hingen ehrfurchtsvoll und freudig an seinen Lippen, als er den Mund auftat und sprach:

»Seid sanftmütig, nur der Sanftmütige erwirbt sich die Erde, nur der von Leidenschaften Unbewegte ist selig. Baut auf dem Felsen der inneren Ruhe; so ihr anders handelt, gleicht ihr einem Haus, das ein Törichter auf Sand baut, welches der erste Platzregen und Wind zu werfen vermögen. Wer auf den Fels der Sanftmütigkeit baut, dessen Haus steht für alle Zeit, und so oft er auch durch Regen und Sturm wandern muss, immer ragt ihm ein gastliches Haus zur sicheren Heimkehr. Der Zornige aber fällt mit großem Fall. Seid reinen Herzens, dann werdet ihr erkennen, dass ihr immer meinen Vater in euch beherbergt.

Ihr, die ihr nach Erlösung dürstet, und ihr, die ihr Gerechtigkeit und Barmherzigkeit ersehnt, seid das Salz der Erde. So ihr dem Zorn und Hass folgt, wird das Salz dumm; ohne Salz kann die Erde der Fäulnis nicht widerstehen; Salz, welches schal wird, kann nicht mehr würzen; es ist nur nütze, dass man es vor das Haus verschüttet, damit es die Leute zertreten.

Ihr seid das Licht der Welt. So wie keine Stadt, welche auf dem Berg liegt, verborgen bleibt, ebenso zündet man kein Licht an und setzt es unter den Scheffel. Man hebt's auf den Leuchter, damit es leuchte. Ich bin gekommen, die Geister zu scheiden und zu trennen; mein Gericht durchzieht die Welt, es stößt die bisherigen Fürsten der Erde aus. Glaubt mir, ich bin der Gesandte der Ewigkeit; ich bin gesandt, um euch den Weg und die Wahrheit des lebendigen Lebens zu zeigen; niemand findet dorthin denn durch mich. Ich sage euch im Namen meines Vaters, verzeiht denen, die euch kränken, gebt jedem von eurem Besitz, tut dies aber nicht um des Pompes willen. Eure linke Hand darf nicht wissen, was die rechte tut; nur so haltet ihr euch ohne Makel.

Verstoßt den Mammon und seid ohne äußeres Begehren; wer ohne äußeres Begehren ist, der ist frei. Schaut die Lilien auf dem Felde, wie sie wachsen. Sie arbeiten nicht, sie spinnen nicht, und mein himmlischer Vater kleidet sie doch, und viel herrlicher als sich selbst der Mächtigste der Erde zu kleiden vermag. Eure Väter haben Manna gegessen und sind doch gestorben; so ihr aber von dem Brot des ewigen Lebens esst, das ich euch reiche, werdet ihr nicht sterben, sondern glückselig sein in aller Ewigkeit.

Alles ist euch gegeben, alles könnt ihr finden, so ihr unerschütterlich lebt im Vertrauen auf Gott. Glaubt mir, so ihr anklopft, es wird euch immer aufgetan.

Wer dem Äußeren dient, bleibt der Sünde Knecht. Wer der Sünde Knecht ist, ist nicht frei. Wendet euren Sinn. Niemand flickt ein altes Kleid mit einem Lappen von neuem Tuch, denn der Lappen reißt doch wieder ab, und der Riss wird ärger. Ebenso fasst man auch nicht Most in alte Schläuche, denn die Schläuche zerreißen und der Most wird verschüttet. Kehrt in euch zurück; Gott ist in euch, erkennt das und handelt danach. Wer nicht umkehrt und nicht zurückkehrt zum Wesentlichen, der ist ein alter Schlauch, welcher das Neue nicht fasst und zerreißt; man fasst Most in neue Schläuche. Nicht das, was in den Menschen eingeht, verunreinigt ihn; das, was von ihm ausscheidet, ist die Unreinheit. Wie das Auge des Leibes Licht ist, so wird euer Leib zum Licht, so ihr folgt.

Seht nicht den Splitter der Unvollkommenheit im Auge eures Nächsten, reißt den Balken der eigenen Unvollkommenheit aus eurem eigenen Auge. So ihr nicht so handelt, seid ihr meines Vaters nicht wert, seid ihr wie die, welche von sich posaunen und beten: Herr, Herr, wie danke ich dir, dass ich nicht bin wie die Sünder. Wahrlich, wahrlich, ich sage euch, jeder Heide erwirbt leichter das Himmelreich als die Pharisäer, welche sich strenggläubig nennen, welche aber das Blut der Herde trinken, die sie weiden sollten, statt sie zu verraten.

Mein Vater will, dass sich seine Kinder untereinander lieben und vertragen. Diese Liebe ist der neue Wein und das neue Kleid, mit dem ihr euch schmücken sollt im neuen Reich, davon ich künde.«

»Herr«, rief ein reicher Jüngling, »Prophet, sage mir, was soll ich tun, damit ich ewig lebe? Mein Vater hat alle Gebote des heiligen Gesetzes gehalten, und er ist doch gestorben. Wie kann ich ewig leben?«

»Wenn du willst, dass das ewige Leben in dir zu fließen beginnt, Jüngling, so gib alles weg, was du zum Eigenen zu haben vermeinst. Gib es den Armen und folge mir nach.«

Traurig stand der Jüngling und sann, und das Volk, unter dem viele Arme waren, streckte die Hälse, und es war totenstill; dann hob der Jüngling den Kopf, und in seinen Augen waren Tränen.

»Das kann ich nicht tun, Prophet«, sprach er. »Wovon sollte ich leben, wenn ich alt und krank würde?«

»Wenn du dem Vater nicht vertraust, dann weiche von mir.«

Gesenkten Hauptes und traurig schritt der Jüngling davon. Er schwang sich auf sein Reittier und ritt langsam zurück, von wo er gekommen war.

Der taube Knecht Josias

Hermann Gerstner (1903–1993)

Zur Zeit, als der Herr auf Erden wandelte, lebte in Galiläa ein Knecht mit Namen Josias. Da er schief gewachsen war, wurde er von früher Jugend an oft verspottet. Als er deshalb einmal in Streit geriet, wurde er von den stärkeren Gefährten so geschlagen, dass er von dieser Stunde an nichts mehr hörte.

Josias gewöhnte sich daran, dass er nun taub war. Ja, mit der Zeit schien er sogar ganz zufrieden damit zu sein, dass er sich nicht mehr um die Redereien der anderen zu kümmern brauchte. Er tat auf dem fremden Bauernhof von früh bis spät seine Arbeit, versorgte treu und brav die Esel und Schafe und lebte mehr mit den Tieren als mit den Menschen.

Deshalb wusste er auch lange Zeit nichts von den Wegen des Herrn, der mit Worten und Wundertaten allenthalben im Land Aufsehen erregte. Erst als sich eine große Menschenmenge in der Nähe seines Dorfes auf einem Berg zusammenfand, ahnte der Knecht, dass hier etwas Besonderes geschah. Er sperrte seine Schafe in einen Pferch, überließ sie der Hut von wachsamen Hunden und mischte sich neugierig unters Volk, das da am Hang auf einer Wiese wartete.

Wenn auch Josias nicht einen Laut vernahm, so sah er doch, wie die Leute erregt aufeinander einredeten. Josias stellte sich abseits unter einen silbrigen Ölbaum, wo die Zweige Schatten boten. Er betrachtete den Menschenhaufen, der unruhevoll durcheinander wogte. Ganz anders als sonst benahmen sich die Leute. Sie aßen nicht, sie tranken nicht, sie machten offenbar auch keine Geschäfte. Nein, sie schienen vielmehr ehrfürchtig ein außerordentliches Ereignis zu besprechen und blickten manchmal auf den Berggipfel hinauf, als müsste von dorther, wo die Sonne feurig am Himmel stand, eine verheißungsvolle Botschaft nahen.

Neugierig schritt Josias an der Menschenmenge vorbei, wanderte eine Strecke den Saumpfad hinan und lugte in eine Felsenkluft hinein, als könnte er hier das Geheimnis, das so viele Menschen zusammenführte, enträtseln. Sein schief gewachsener Oberkörper krümmte sich dabei noch mehr nach vorne – aber trotzdem sah er nichts. Nur ein paar Vögel schwirrten über die lichten Zweige der Ölbäume, und unten, wo der Rispenwald der Gräser den Saumpfad begrenzte, versteckten sich einige goldgepanzerte Käfer.

Da plötzlich erschien in einem Felsentor eine hochgewachsene Gestalt. Es war der Herr. In sein schlichtes Gewand gekleidet, kam er langsam näher. Er lächelte und unterhielt sich mit einigen Männern, die hinter ihm aufgetaucht waren und nun an seine Seite traten. Für ein paar Augenblicke verhielt er seinen Schritt, nickte der Menschenmenge unten am Hang der Wiese zu und hob seine Hände zum Segen. Josias sah mit Staunen, wie das Volk niederkniete und demütig die

Hände auf der Brust kreuzte, als sei der Mann da droben ein großer Prophet.

Unmutig wollte der Knecht den Pfad hinuntergehen und zu seinen Tieren zurückkehren, da traf ihn der Blick des Herrn. Josias erschauderte. Während er nun, von einer geheimen Macht bewegt, ebenfalls niederkniete und die Hände auf das Graspolster des Bodens senkte, hob er verwundert seine Augen. Da stand der Herr vor ihm. Josias vergaß alles ringsum. Er wusste nichts mehr vom Berg, nichts von den Menschen, er dachte auch nicht mehr an seine Tiere. Er konnte seinen Blick nicht mehr von den Augen des Herrn lösen, wie festgebannt war er. Da spielte ein leises Lächeln um die Lippen des Herrn, als er sich niederbeugte und dem krummen Knecht beim Aufstehen half.

»Fürchte dich nicht«, sagte der Herr.

Josias hörte die Worte nicht, aber er las ihren Sinn vom Mund des Meisters. Er schüttelte den Kopf, als wollte er sagen: Nein, ich fürchte mich nicht mehr. Und wahrhaftig: Nicht eine Spur von Furcht war in ihm.

»Verstehst du mich nicht?«, fragte der Herr.

Josias las abermals die Worte von den Lippen des Herrn und deutete nun mit den Fingerspitzen an seine Ohren. Gleichzeitig sagte er, ohne dass er selbst den Klang seiner Worte erlauschen konnte: »Meine Ohren sind taub – aber meine Augen können dich sehen. Ich bin glücklich darüber. Wer bist du?«

Der Herr gab auf diese Frage keine Antwort, sodass Josias abermals fragte: »Wer bist du? Ich bin Josias, der Knecht.«

»Josias«, fragte der Herr, »willst du hören, was ich diesen Menschen hier auf dem Berg zu sagen habe?«

Da kam es ungewohnt, hart und rau aus dem Mund von Josias: »Ja, deine Stimme würde ich gern hören. Du musst eine gütige Stimme haben.«

Der Knecht weinte. Wie dumm, dachte er, dass du weinst. Bist doch kein Knabe mehr. Solltest dich schämen! Aber er weinte immer noch und wünschte sich nichts sehnlicher, als den Fremden zu hören, der aus dem Felsengebirge heruntergestiegen war.

Da neigte sich der Herr gegen den gekrümmten Knecht vor und berührte mit seinen Händen die Ohren des Tauben. Dann schritt er mit den Aposteln, die ihm folgten, weiter zur Menschenmenge hinab. Die Leute empfingen ihn mit lauten Rufen.

Josias hörte voll Erschütterung die Rufe aus der Tiefe heraufquellen. Er begriff selber erst nach einiger Zeit, was ihm widerfahren war: Er war nicht mehr taub, vielstimmig erschollen ringsum die Laute. Da erklangen die Worte von tausend Männern und Frauen, da sangen aber auch die Vögel aus dem Gezweig der Ölbäume. Wie lange hatte Josias sie nicht mehr gehört! Aber auch den zarten Anhauch der Winde erlauschte er; der flüsterte im grauen Laub der Ölbäume und wisperte dann im Wacholdergebüsch. Ja, sogar das Treiben der Wolkenvögel durch das blaue Luftmeer schien Josias zu hören, es rauschte, von weither rauschte es, es war wunderbar, wie sich die Welt mit ihren tausend Melodien offenbarte. Beseligt von der Musik der Erde und des Himmels, folgte Josias den Aposteln des Herrn. Und auf einen Wink hin setzten sich die vielen Männer und Frauen ins Gras, und auch die Apostel suchten sich einen Grasfleck oder einen Felsenstuhl. Auch Josias fand einen schattigen Platz, und nun stand nur noch der Herr allein. Niemand sprach mehr, alle waren still geworden wie im Tempel vor dem Heiligtum. Nur noch den Wind hörte Josias, wie er um ihn her sang.

Doch dann begann der Herr, und er erschütterte nicht nur seine Apostel, nicht nur das Volk aus Galiläa, Jerusalem und dem Küstenland von Tyrus und Sidon, sondern auch diesen armen, krummen Knecht Josias, der so wenig Gutes, aber desto mehr Böses in seinem Leben erfahren hatte. Nun kamen die Worte wie Offenbarungen zu ihm, wie Tröstungen aus schöneren Gefilden.

Und der Herr blickte jedem Einzelnen in die Augen, und besonders lange sah er den armen Knecht an, während er sprach:

»Selig die Armen im Geiste; denn ihrer ist das Reich Gottes!«

»Selig, die hungern und dürsten nach der Gerechtigkeit; denn sie werden gesättigt werden!«

»Selig seid ihr, wenn euch die Menschen schmähen und verfolgen und lügnerisch Böses über euch sagen!«

»Freut euch und frohlockt; denn groß ist euer Lohn im Himmel …«

All die Worte der Bergpredigt hörte Josias. Und da er Jahre hindurch kein menschliches und kein göttliches Wort vernommen hatte, trank er die Worte wie ein Verdurstender sehnsüchtig in sich hinein. Er vergaß nicht einen einzigen Satz.

Als der Herr seine Rede beendet hatte und sich auf den Weg nach Kapharnaum begeben wollte, trat Josias zu ihm und fragte, ob er ihn auf seiner Pilgerfahrt begleiten dürfe.

Aber der Herr meinte: »Willst du deine Tiere hungern lassen?«

Da kehrte Josias auf der anderen Seite des Wegs zu seinen Schafen, Eseln und Hunden zurück. Bewegt und erfüllt von dem Erlebten, trieb er unter Tags die Tiere auf die Weide, suchte saftige Grasplätze für die Herde und lauschte des Nachts, wenn die Tiere schliefen, in den hohen Sternenhimmel hinein, als müsste er von dorther abermals die Botschaft des Herrn aufklingen hören. So vergingen einige Tage in Einsamkeit und Stille. Dann trieb er die Herde zum Hof seines Gebieters hin, wo die Schafe geschoren werden sollten.

»Endlich kommt der langweilige Bursche«, sagte der Bauer missgelaunt zu seiner Frau, und das Weib erwiderte: »Er ist das Brot nicht wert, das er uns wegisst.«

Ein anderer Knecht mischte sich ins Gespräch: »Schaut nur den Josias an, sein Buckel ist noch größer geworden. Wie ein Ast wächst er unter seinem Nacken heraus.«

Herzlos lachten ein paar Kinder zu dieser höhnischen Rede. »Buckliger Krüppel«, schrien sie, »buckliger Krüppel!«

Solche böse Reden musste Josias von allen Seiten anhören. Er wollte zuerst aufbrausen und mit seinem Sandlöffel auf die Kinder einschlagen. Ja, er spürte eine verwegene Lust, gegen jenen Knecht, der seine Rückenverkrümmung mit einem Ast verglichen hatte, die Faust zu erheben. Da aber war es ihm jäh, als hörte er aus den Winden die Worte des Herrn: »Selig seid ihr, wenn euch die Menschen schmähen und verfolgen …«

Und die Faust, die er schon geballt hatte, öffnete sich wieder – und der Sandlöffel, den er bereits erhoben hatte, senkte sich auf die Erde. Er hatte gar nicht mehr den Wunsch, zu schlagen oder sich gegen die üblen Worte zu wehren. Er tat so, als könnte er so wenig wie früher die Reden der anderen vernehmen, und erledigte seine Arbeit still und schweigsam. Ruhig und gelassen trieb er die Schafe zur Schur.

Als ihm bei dieser Arbeit einmal die Schere entglitt, musste er freilich nicht nur die wütenden Blicke des Bauern ertragen, sondern auch dessen üble Rede: »Er stellt sich genauso tölpelhaft an wie seine Mutter früher. Er hat ihre täppischen Hände.«

Da kamen Josias die Tränen. Wenn er sich auch nur wie aus weiter Ferne an seine längst verstorbene Mutter erinnern konnte, so wusste er doch noch genau, wie zärtlich die Hände seiner Mutter zu trösten vermocht hatten. Es waren die besten, liebsten Hände seines Lebens gewesen. Und der Bauer durfte diese geliebten, gütigen Hände »täppisch« und »tölpelhaft« nennen!

Josias weinte.

»Seht nur, er heult«, riefen die Knechte daneben, die andere Schafe schoren, »der Bucklige heult. Hahaha!«

Josias wischte sich die Tränen aus den Augen. Er antwortete nichts. Niemand ahnte, dass er all die bösen Worte verstand, die man über ihn sagte.

Tagelang ertrug er Schimpf und Schelte.

Da aber hörte er, dass der Herr wieder am See Genezareth predigte.

Josias ließ die Herde in einem sicheren Pferch und von den Hunden wohlbehütet auf saftiger Weide zurück. Er selbst wanderte durch Stunden über das heiße Land, bis er am See stand. Er brauchte nicht lange zu fragen, wo der Herr zu suchen sei. Viele, die Heilung und Gnade suchten, wanderten auf der gleichen Straße. Und da fand er auch inmitten einer Volksmenge die Apostel und bei ihnen den Herrn.

Scheu und demütig kam Josias näher. Er wartete, bis die Ansprache des Herrn zu Ende war. Dann trat er zu ihm und fragte: »O Herr, kennst du mich noch?«

»Du warst taub – deine Ohren wurden dir aufgetan.«

»Verzeih meine Bitte, Herr: Mach mich wieder taub! Ich habe so viel Böses gehört, dass es besser ist, wenn du mir meine Ohren wieder verschließt.«

»Dann wirst du aber auch die Vögel nicht mehr hören – und den Wind nicht – und auch dort die Wellen vom See Genezareth wirst du nicht mehr rauschen hören.«

Da lächelte Josias: »Ich könnte traurig sein, dass ich all dies nicht mehr hören dürfte. Aber ich habe ja dich gehört, Herr, und deine Worte werde ich nie vergessen. Ich werde sie immer in mir klingen hören, auch wenn meine Ohren wieder taub sind.«

Da lächelte auch der Herr und meinte: »Josias, du hast die Gnade. Du wirst meine Worte in alle Ewigkeit hören.«

»O Herr«, bat Josias, »bevor du meine Ohren wieder zuschließt, sag mir noch einmal jene Worte, die du da droben auf dem Berg gesagt hast. Es sind wohl die schönsten Worte, die es auf unserer Erde gibt.«

Da sprach der Herr sehr langsam: »Selig die Armen im Geiste; denn ihrer ist das Reich Gottes! Selig, die hungern und dürsten nach der Gerechtigkeit; denn sie werden gesättigt werden! Selig seid ihr, wenn euch die Menschen schmähen und verfolgen und lügnerisch Böses über euch sagen …«

Der Herr machte eine Pause. Dann rief er seine Jünger zu einem Boot hin, das da am Ufer auf dem Wellenschaum des Sees Genezareth auf und ab tanzte, und sagte: »Kommt, wir wollen an das andere Ufer hinüberfahren. Ich bin müde und möchte im Boot ein wenig ruhen.«

Er betrat den Nachen und lehnte sich an den Mastbaum. Dort schloss er die Augen und schien einzuschlafen. Seine Jünger lenkten das Fahrzeug geschickt auf den See hinaus.

Josias blickte den Davonfahrenden nach. Er war erstaunt, dass er immer noch hörte. Da rauschte die See, da kamen vom Boot her die Zurufe der Jünger, da brodelten die Stimmen der Volksmenge durcheinander. Verwundert und nachdenklich fragte sich Josias, warum der Herr seinen Wunsch nicht erfüllt hatte.

Während er so dastand und das Boot mittlerweile auf dem See dahinsegelte, verfinsterte sich im Lauf weniger Minuten der bisher so heitere Himmel. Eine gelbe, schweflige Wolkenbank zog auf, Windstöße fegten herab und peitschten die Wellen des Sees zu Wogen empor. Gefährlich schwankte draußen das Schiff. Man sah, wie die Jünger aufgeregt am Segel zerrten, während der Herr im Boot ruhig zu schlafen schien.

Da plötzlich zuckte ein gelber Blitz aus den schwarzen Wolken, er schlug nur wenige Schritte von Josias entfernt ins Wasser – und da zerriss ein gellender Donner den Lärm der Winde. Er dröhnte in die Ohren von Josias hinein.

Aber da geschah es, dass auf einmal alles wieder still wurde, kein Laut erreichte den Knecht mehr, er hörte keinen Donner, sah nur die Blitze, die hochgeworfenen Wellen, das zerbogene Schilf. Kein Wind rauschte mehr für ihn, keine Welle brauste. Das Schauspiel der Natur war gewaltig, aber es war lautlos für Josias. Und auf einmal beruhigte sich das Unwetter wieder, die schwarze Wolke löste sich in leichtes Gewölk auf, der See ward eben wie ein flacher Spiegel, und das Schilf stand gerade und unbewegt im Wasser. Draußen aber auf dem See Genezareth fuhr das Schiff mit den Jüngern gefahrlos in die Ferne zum jenseitigen Ufer hin.

Da erkannte Josias, dass der Herr seinen Wunsch erfüllt hatte. Er verließ den Menschenhaufen, kehrte auf einsamen Wegen zu seiner Herde zurück und führte fortan wie einst seine Schafe und Esel friedlich von einer Weide zur andern. Auch wenn er das »Jjjahh« der Esel und das Blöken der Schafe nicht vernehmen konnte, so las er doch die Wünsche der Tiere aus ihren Augen und aus ihrem Schritt. Er war gut zu ihnen. Wohl war die Welt schweigsam und stumm für ihn. Er hörte weder das Plätschern der Quellen noch die Stimmen der Winde. Desto lauter aber hörte er in allen Stunden, in denen die Einsamkeit ihn bedrängen wollte, die Worte des Herrn. Und er hörte sie so leibhaftig, als stünde der Herr dicht neben ihm: »Selig ihr Armen, denn euer ist das Reich Gottes! Selig seid ihr, wenn euch die Menschen schmähen und verfolgen … Selig seid ihr …« Er war froh, dass er nach diesen Worten die bösen Schmähereien der anderen Knechte nicht mehr zu hören brauchte.

Wenn die Worte des Herrn in ihm aufklangen, beugte er sich oft zum Kopf eines seiner Tiere hinunter und streichelte es, als wollte er den Eseln und Schafen etwas von seinem Glück mitteilen. Und dann wurden die störrischsten Esel folgsam, und die Schafe rieben ihr weiches, flockiges Vlies zärtlich an den Wangen des tauben Knechts Josias.

Der Zweispanige

Peter Rosegger (1843–1918)

Im steirischen Oberland lebte ein Bauersmann, dem man den Spitznamen »der Zweispanige« gegeben. Diesen Namen hatte er sich durch seine Sonderlingsart verdient. Er war ein wohlhabender Grundbesitzer, hatte Familie, ein großes Gesinde und zahlreiche Freunde, und dennoch sah man ihn fast nie in Gesellschaft. Immer ging er allein umher, und doch nicht allein. Wenn er des Weges schritt, nahm er stets das schlechtere, holperige oder nasse Geleise und so, dass zu seiner rechten Seite der gute Teil des Weges frei blieb, gleichsam für einen Weggenossen, den er ehren wolle. Und doch sah man nie jemanden an seiner Seite wandeln. Kehrte er in einem Wirtshause ein, so ließ er stets ein Glas für sich bringen und ein zweites für einen anderen, den man nicht sah. Dieses zweite musste in einer Blechtasse oder auf einem weißen Teller aufgetischt werden, wie es auf dem Land bei vornehmen Gästen der Brauch ist. Als der Bauer seinen Wein ausgetrunken hatte, pflegte er die beiden Gläser ohne weiteres zu zahlen und zu sagen, wenn ein durstiger Mensch vorhanden wäre, so möge er das Glas Wein aus der Tasse austrinken. Zu Hause ließ er bei jeder Mahlzeit auf den Ehrenplatz unter dem Hausaltar ein besonderes Gedeck auftragen, das bestand aus weißem Porzellan und aus Silberbesteck, es musste immer blank und rein sein. Der große Tisch war wohlbesetzt, der Hausvater saß an seinem Platze; ihm zur Rechten aber, wo das feine Zeug war, blieb der Platz leer. Und doch benahm der Bauer sich gar ehrerbietig gegen diese Seite hin, als ob ein hoher Herr dort säße. Nach Tisch wurde mit demselben Gedeck irgendein Armer gespeist.

Wegen solcher Genossenschaft mit einem Unsichtbaren hatte man ihn den »Zweispanigen« genannt. Wurde er befragt, was denn solches bedeute, so antwortete er darauf nicht oder nur mit den dunklen Worten: »Er ist ja da.« – Man wusste nun wohl, wen er meinte. Den Herrn Jesus. Ihm zu Lieb und Ehr ging der Mann den schlechteren Weg, ihm zu Lieb und Ehr ließ er bei Tisch decken, und wenn er bei der Arbeit war oder bei einer Ergötzlichkeit, immer war er still, wohlgemut und benahm sich so, als sei er in Gesellschaft mit einem Zweiten, Vornehmen, den man aber niemals sah. Noch nicht in hohem Alter, erkrankte der Mann zum Sterben. Da musste neben seinem Bett ein Sessel stehen, und nun legte er seinen Arm so hin, als ob er jemanden an der Hand halte, und er führte leise Gespräche mit dem Unsichtbaren, der auf dem Sessel saß. Als er gestorben war, wagte niemand den Sessel vom Bett zu rücken. Dann fügte es sich, dass sein Grab auf dem Kirchhof in der Nähe eines Grabmals war, einer weißen Marmorgestalt, den guten Hirten darstellend. Und als sie den Sarg des Bauern in die dunkle Tiefe senkten, da fiel es mir, der ich dabei stand, auf, wie die von der Sonne hellbeschienene Gestalt des guten Hirten ein schönes, weiches Licht hinabsandte ins offene Grab.

Der Gewalttäter

Max Mell (1882–1971)

Es war längst finster geworden, die Bogenlampe beschien über die Anlage der Haltestelle hinaus einen trüben Kreis von winterlicher Leblosigkeit; einiges von schwarzen Bäumen und Zaunwerk zeigte sich mit dünnem Schnee armselig verziert.

Das Signal kehrte klappernd in die Station ein, da kamen sie angerückt, die Gendarmen mit dem Holzknecht. Sie hatten die Bajonette aufgepflanzt, ihm waren die Hände nach vorn geschlossen, sein Gesicht war noch von mächtiger Erregung dunkel gerötet und zerwühlt, es war, als ob sich alle Gewalt aus seinen Armen und seinem gewölbten Brustkasten dorthin gezogen hätte und zu einer grässlichen Entladung aus den hervorquellenden und blutunterlaufenen Augen drängte. Etwas davon mochte vielleicht auch dem Genuss geistiger Getränke zuzuschreiben sein; jedenfalls, jetzt hatten sie ihn, den Gewalttäter, und jetzt wurde er keinem mehr gefährlich.

Er hatte schon mit ihnen zu tun gehabt. Diesmal würde der Umstand, dass er vorbestraft war, die Sache verschlimmern. Es war Samstag, nach der Lohnauszahlung, da waren einige von den Holzknechten ins Gasthaus eingefallen, dort saßen Bauernburschen und man trank, rauchte und redete. Es ging über ein Mädel her … Sie hatte sich mit mehr als einem eingelassen. Sie war sehr jung, sie hatte jenes eine ganz Bestimmte, eine besondere Art von Blühen in ihrem Wesen, das brachte einem das Blut zum Sieden. Das hatte sie, dem war kaum zu entgehen. Ein Kind hatte sie bisher nicht bekommen. Und davon sprachen die Burschen, und es fehlte nicht an großem Gelächter und Spott, dass, wenn sie zu einem Kind käme, ein lebhafter Streit, wer dafür zahlen dürfte, entbrennen würde. Dem Holzknecht drang das Blut zu Kopf, und dann ging die Sache schnell vor sich. Der ältere Sohn vom Besitzer Umschaden lag mit einem Messerstich auf dem Boden und wimmerte, der jüngere brach unter einem Faustschlag zusammen; die Übrigen, darunter auch seine Freunde, die ihn zu bändigen trachteten, hielt der Rasende in Schach, bis zuletzt die Gendarmerie kam. Jetzt war's wieder aus für diesmal. Sie hatten ihn nach einer Stunde aus dem Gemeindearrest geholt, um ihn dem Bezirksgericht einzuliefern. Er war keineswegs ernüchtert.

Der späte Zug schlich in die Station. Die Gendarmen strebten dem rückwärtigen Waggon zu, wohin sie der Schaffner wies, und nötigten den Häftling dorthin, die Schwellen und der Schotter klangen unter ihren Tritten. Sie fassten ihn unter den Armen und halfen ihm die Stufen hinauf. Es war ein spärlich beleuchteter Wagen älterer Art; sie ließen sich gleich am Eingang nieder, und der Zug setzte sich langsam in Bewegung.

Der eine von den Gendarmen zündete eine Zigarette an. Im nächsten Bankabteil saß nur ein Fahrgast, ein älterer Bauersmann, der seine Pfeife rauchte; der erhob sich halb und lugte herüber. Nach einer Zeit wollte er sich vergewissern, was er da vorn gesehen, und erhob sich nochmals. Dann saß er wieder eine Zeit still, stand aber endlich auf und sagte unwillig im Vorübergehen: »Daher setzen mit dem Lumpen? Zu ehrlichen

Leuten? Was wäre das für eine neue Weis?«, und ging hinaus. Die Wagen waren untereinander mit Stegen verbunden. Es schallte, da er die Tür öffnete, für einen Augenblick das stärkere Getöse des Zuges herein, denn auf der einen Seite der Strecke war unter der Waldlehne eine Mauer und die Fahrt ging schneller. Der eine Gendarm sagte hinter dem Mann drein: »Aber gehn S', für die eine Station!« Dann lachten die beiden ein wenig. Der geraucht hatte, langte seinem Kameraden eine Zigarette heraus: »Ja so! Du hast ja nix!«, und neigte ihm den Kopf zu, um ihm Feuer zu geben. Indem die Atemzüge das kleine Glimmen entfachten, ersah der Gefangene den Augenblick. Ein Fußtritt öffnete die Tür, der Bauer hatte sie nachlässig geschlossen, sie war nicht zugeschnappt. Schon stand er auf der Plattform, eine blitzschnelle Ausschau und Überlegung, zwei Tritte abwärts, und der Mann kollerte den Abhang hinunter, ein dunkles Bündel über die dünne Schneedecke, die er mitschürfte. Das sahen die fluchenden Gendarmen noch, und schon nahm ihnen eine Baumgruppe am Rain und eine Wendung der Strecke die Sicht.

Das Geräusch des Zuges war längst verklungen, der Mann lag noch still. Dann begann er sich zu rühren und mit dem Körper zu arbeiten. Er war in einem Acker gelandet, die Furchen lagen voll Schnee. Er stemmte den Kopf an die gefrorene Erde, arbeitete die Knie herauf und brachte sich auf die Beine. Dabei überlegte er. Wohin konnte er gehen? Der beste Freund, den sein erster Gedanke suchte, einer, der ihm die Ketten abnahm und ihm in ein Versteck half, der hauste in einer Arbeitsbaracke; das war auf dem anderen Flussufer, fast bis zur Station musste er zurückgehen und dann schauen, wie er über die Brücke und durch das Dorf kam. Entmutigt dachte er an den weiten Weg. Ein dumpfer Schmerz saß ihm im Kopf, Arme und Beine waren geprellt. In einem Hof auf halber Berghöhe war seine Schwester Magd. Dorthin in solchem Zustande zu kommen, war eine schwere Sache. Und hier war der Berg gegen die Bahnstrecke langhin aufgemauert; es gab Durchlässe für die Wildbäche und daneben wohl irgendwelche Steige; aber wie kam er dort hinauf, auf glattem, steilem Boden, mit gefesselten Händen? Dennoch, es blieb kaum etwas anderes übrig, wenn er weder in der Richtung zur Station noch zur Kreisstadt gehen wollte; und das beides wollte er gewiss nicht.

Sein Gesicht war an einzelnen Stellen nass, und die brannten ihn; er hatte sich im Sturz die Haut aufgerissen; er versuchte, sich an seinem Rock an der Schulter abzutrocknen. Doch das war nicht wichtig, er musste nur weiter und aus dem Acker fort, auf dem schwer zu gehen war. Er fiel immer wieder hin und arbeitete sich fluchend und zähneknirschend auf. Wenn er nur einem begegnete, der ihm die Ketten abnahm! Das war alles, dann bekämen sie ihn nicht so bald. Auf der Straße träfe er wohl irgendwen an, auch zur Nachtzeit. Aber ob sich der gerade dazu bereitfand? Und ob er es auch konnte, ein Werkzeug dazu hatte und nicht eher zu fürchten war? Und wenn er zu einem Bauernhof hinschlich und darum bat? Drüben war schwach eine weiße Fläche über dem Gewirr dunkler Obstbäume zu sehen. Das war das Dach eines Bauernhofes. Nein, man konnte dorthin nicht gehen; sie würden es nicht tun.

Der schwere Gang auf dem Acker war überwunden, der Entsprungene hatte einen Fahrweg unter den Füßen. Er schritt aus und hielt die Hände an den Leib und an den Rock, damit die Ketten nicht so laut riefen; weniger, um sich in der großen, weiten Stille zu verhehlen, als aus Unwillen, dass er es hören musste. Auf einmal sah er in einiger Entfernung vor sich ein Licht. Er konnte noch nicht unterscheiden, ob es aus einem Fenster drang oder was es sonst für eine Bewandtnis damit hatte, und es war mit einem Mal eine Gewissheit in ihm, dass es zu seinem Weg gehörte und dass ihm dort die Ketten abgenommen würden. Er musste sich sagen, dass eigentlich nichts war, was zu dieser Zuversicht berechtigte; aber er wollte dabei bleiben und hätte irgendeinen Grund für sein unversehens gehobenes Gefühl nicht anzugeben gewusst.

Indem er auf dem Fahrweg in der Richtung des Lichts ging, bemerkte er, dass hier schon Leute gegangen waren; ihre Fußstapfen kamen von der anderen Seite des Ackers, und es war zu vermuten, dass das Vorhandensein des Lichts mit ihnen zusammenhing. Der Himmel war freier geworden; die schweren, schwarzen Massen der Berge zeichneten sich deutlich dagegen ab, ein Stern stand darüber, der dünkte ihn hell und groß. Bald vermochte er zu unterscheiden: Es war kein Bauernhof, auf den er zuschritt, es war wohl nur ein Kleinhäusler; er erinnerte sich nicht, hier jemals ein Gebäude bemerkt zu haben, oder hatte er es bloß nicht beachtet? Der Mann hielt nun an sich und ging langsam und vorsichtig. Wo das Licht herkam, das war der Stall des Kleinhäuslers, und der Schein drang aus der Stalltür, die nur zugelehnt gewesen sein mochte und sich dann doch geöffnet hatte. Es waren Menschen in dem Raum, der Flüchtling hörte es, ohne dass sie gesprochen hätten. Er näherte sich mit äußerster Behutsamkeit und suchte in den Stall zu spähen, ohne dass er in den Schein trat. Er sah: Es war ein Paar da, ein junges Weib und ein Mann mit braunem Bart; sie hatten im ersten Abteil des Stalles die leere Krippe hervorgerückt, sie stand frei. Und sie hatten sie mit blankem Stroh gefüllt und ein Leinentüchlein darübergebreitet, und darauf lag, sorgfältig eingehüllt, ein neugeborenes Kindlein. Der Flüchtling betrachtete das junge Weib; es saß an der Krippe, vielleicht auf einer niederen Futterkiste oder Truhe, worauf auch ein Mantel und ein Rucksack abgelegt waren. Ihr Gesicht unter dem geteilten Scheitel, den kein Tuch bedeckte, war sanft und klar; es stand kein Kampf und keine Sorge darin, nur ein unbewusster Frieden, aus dem auch all ihre Bewegungen kamen; sie hatte eben geprüft, ob die kleinen Händchen auch nicht zu kalt wären, und wärmte sie ein wenig in den ihren, dann sah sie zu ihrem Gefährten auf und führte ein Töpfchen zu trinken, das er ihr reichte, an den Mund, er hatte vielleicht eben gemolken.

Das Kindlein schlief mit erhobenen Fäustlein; es lag in einem starken Licht, von dem nicht zu sagen gewesen wäre, woher es kam. Der Spähende dachte darüber auch nicht weiter nach, er blickte nur auf das Kind; er sah die Fäustlein geballt, die doch nicht mehr Kraft haben konnten als Rosenblätter, und ihm schien immer gewisser, als ob dieses schlafversunkene und kleinwinzige Gesichtchen ihm etwas zu sagen hätte, was freilich mit Worten nicht auszudrücken wäre; und das Gefühl, dass das Kindlein ihm solche Aufmerksamkeit erwiese, ohne ihn zu sehen, reizte ihn zur Lustigkeit, und er hätte am liebsten behaglich herausgelacht; jedenfalls ging etwas wie ein Antworten durch seinen ganzen Körper, sodass sein Stehen ein bisschen unsicher wurde und seine Ketten klirrten. Da flog es wie eine Wolke über das schlafende Gesichtchen; eine Falte grub sich an der Nasenwurzel ein und die geballten Händchen zitterten leise. Fast schien es, als ob es aus dem Schlaf weinen würde; allein, dann wich die Spannung, das Gesichtchen glättete sich, und um die geschlossenen Augen und über die Stirn hin wurde es groß wie von Verheißung. Das sah der entsprungene Mann wohl, aber auch dem jungen Weib war es nicht entgangen. Es machte besorgt eine Bewegung des Horchens, aber der Mann wies beruhigend rückwärts, wo über der Bretterwand für einen Augenblick das Haupt eines Rindes und eines Esels sichtbar wurden, die sich nach der ungewohnten Gesellschaft hereinwandten und dabei die Stallketten, an denen sie festgemacht waren, klingen ließen. Der Mann kraulte beiden Tieren den Kopf und das junge Weib lächelte.

Der Lauscher aber kam wie aus großer Entfernung wieder in die wirkliche Lage zurück, in der er sich seit wenigen Stunden befand, und da erschrak er. Jetzt begriff er, was er getan hatte, und dass es alles Unsinn war und weit von der Vorstellung, die er von sich selber hatte, und was er im Leben wollte. Und da stand er nun in Ketten, und so sind die Handlungen der Menschen. Da hatte er Dinge getan, die mussten nun wieder ungeschehen gemacht werden, so wie man das eben kann; das lag nun als das Nächste vor ihm, er musste ein Stück Lebensweg wieder zurück und musste dann wieder anfangen. Er hätte laut aufstöhnen mögen; aber er durfte doch die Leute nicht damit, und schon gar nicht mit seinem Gesicht, das gewiss blutberonnen war, oder mit seinen Ketten erschrecken. Und dennoch: Das Gefühl, das ihn hierhergezogen, es würde ihm hier jemand die Ketten abnehmen – seltsam, es blieb in unverminderter Stärke in ihm, er fühlte sich in nichts enttäuscht, und er hätte doch nicht sagen können, woher das kam.

Und so machte er sich leise los, drückte die Hände mit den Ketten fest an sich und ging. Ging, so wie viele auf Erden gehen. Und doch war es in ihm auch heller und klarer, als es in vielen ist.

Die Wiederkehr

Maria Bierbaum (1897–1985)

Weihnachten, das Fest der Gratifikationen, der kostbaren Geschenke und der immer größeren Erwartungen, war vorüber. Zwar leuchteten noch auf manchen Plätzen und vor Kaufhäusern die elektrischen Kerzen auf den dunklen Tannenriesen, aber das Janusgesicht dieses Feierns wurde erschreckend deutlich; ja, es betrachtete mit unverhohlener Freude das ernüchterte Hasten des Menschenstroms, der sich durch die Straßen schob, begierig nach Neuem in die Fenster starrte, wo die prunkvolle Weihnachtsdekoration bereits entfernt war, obwohl die heiligen Drei aus dem Morgenland sich immer noch auf ihrem beschwerlichen Weg befanden. Sie würden auch kaum, trotz unseres rasend gewordenen Zeittempos, vor dem sechsten Januar an der Krippe zu Bethlehem ankommen.

Aber wen in der großen Stadt kümmerte das schon?

Luftschlangen, Knallbonbons, Sekt und Tanz hieß jetzt die Parole, und sie faszinierte. Faszinierte eine ganze Stadt – alle Städte. Es funkte in allen Gehirnen, und die Herzen waren angefüllt mit glimmerndem Lebenshunger, während die heiligen Drei auf ihrem beschwerlichen Weg dem Stern folgten.

Zu derselben Zeit fand einer der größten Atombombenversuche statt. Die Steppe brüllte, und die Wölfe flohen wie brodelnde Schatten westwärts, als der dampfende Pilz aufzusteigen begann. Immer gewaltiger breitete sich die tödliche Wolke im Spiegel des Himmels aus. Rote Flammen schossen aus ihr hervor. Der Horizont blutete.

Im sicher abgeschirmten Unterstand fing der Mensch das Geschehnis, das er vollbracht, mit der Kamera ein. Die Stille stand wie ein Fabelwesen auf, das jeden Laut im weiten Umkreis verschluckte. Nur der Mensch im tiefen Unterstand blieb seiner Stimme mächtig. Er zählte und maß mit den ausgeklügeltsten Apparaten jede, auch die kleinste, Wirkung und Erscheinung dieses ungeheuren Vorgangs.

Dann begann das Wüten der Natur. In den Wäldern tobte es zuerst. Sie schrien und ächzten, als habe die Weltaxt sie getroffen. Die Erde brach aus sich heraus und zeigte klaffende Wunden. Immer höher stieg der giftige Riesenpilz, von Stürmen gepeitscht, die ihn schließlich auseinanderbogen und um die ganze Erde jagten, bis er sich, zerteilt in Myriaden kleiner und kleinster Flocken, in die Wolken des Himmels hing, die, überbeladen, sich in stürzenden Regengüssen auflösten. Überschwemmungen töteten Menschen und Tiere, während in kundiger Hand Geigerzähler tickten, die Zahl der Ionen festzustellen. Aber je fortschrittlicher der Menschengeist das Wesen des Weltenraumes anzurühren begann, umso angstvoller schlugen die Herzen.

Zu dieser Zeit beschloss Christus, erneut auf die Erde niederzusteigen, um seinen Versöhnungsversuch zu wiederholen. Er setzte seinen Fuß auf eine Wolke und ließ sich abwärts tragen.

Sein Atem trug blaue und rosenfarbene Lichter vor ihm her, und er spürte, wie sehr er die Menschen liebte.

Als er in die Erdsphäre gelangte, sah er gewaltige Rohre auf sich gerichtet, und in ihren glänzenden Spiegeln brannte sein Leuchten wie Feuer. Geigerzähler tickten, Pendel schlugen aus, und Christus sah sein Bild im Riesenteleskop bis zur Unkenntlichkeit verzerrt. Er weinte. Er deckte sein Gesicht mit seinen Tränen ab und mit dem Schatten der Enttäuschung; in ihrem Schutz glitt er zur Erde hinab.

Die Hohlspiegel glotzten mit leeren Augen wie Löcher in den Horizont, von dem das schwebende Licht verschwunden und trotz präzisester Einstellung nicht mehr aufzufinden war.

»Verdammt nochmal«, sagte der Atomforscher, »und ich hätte gewettet, dass wir den Leuchtkörper einfangen und ausmessen könnten, so nahe schien er zu sein.«

Christus aber ging durch die Straßen einer großen Stadt und setzte sich schließlich in ein kleines Restaurant, denn die Erdluft ermüdete ihn.

Es waren viele Menschen in dem rauchigen Raum, und es dauerte eine Weile, bis seine Augen sich an das Halbdunkel der schäbigen Beleuchtung gewöhnt hatten. Dann erkannte er, dass am Nebentisch junge Männer zusammensaßen, die sich an ihren Gesprächen entzündeten.

»Merkwürdig«, dachte Christus, »sie tragen Bärte, wie ich einen trug, damals, bevor sie mich schlugen« – und er hörte sie vom Horizont sprechen, so, als hätten sie ihn in der Tasche und brauchten ihn nur herauszunehmen, um mit dem Zeigefinger alle Möglichkeiten in ihn einzuzeichnen.

»Hallo«, hörte Christus sich plötzlich anrufen, »du scheinst ein Existenzialist wie wir zu sein – hoffentlich nicht nur mit dem Bart –, setze dich zu uns und sprich deine Meinung aus; was zum Beispiel hältst du von Gott?«

»Merkwürdig«, dachte Christus, »dass ihr mich gleich erkannt habt – ja, ich bin ein Existenzialist, aber außer euch hat das noch niemand bemerkt –; was aber soll ich euch von Gott sagen, wenn nicht das Einfachste –: Alles Existente existiert, so auch Gott; oder könnt ihr seine Nicht-Existenz beweisen? Allein im Bemühen, seine Nichtexistenz klarstellen zu wollen, liegt der Beweis seiner Existenz.« Er schwieg.

»Mein Freund, du gefällst mir«, sagte jetzt ein anderer der jungen Männer, »uns soll's recht sein, wenn du öfter hierherkommen willst, wir treffen uns täglich; übrigens, ich habe ein so seltsames Gefühl, wenn ich dich ansehe, ich kann es weder definieren noch in Form fassen – bitte, komm wieder zu uns.« – Er streckte wie bekräftigend seine Hand aus, und sie blieb einen Augenblick lang in der Luft stehen.

Christus nickte nur, um seine Bewegung zu verbergen.

»Wie ist dein Name«, fuhr der andere fort, »ich wüsste ihn gern« – »Ich heiße Jesus«, sagte Christus und schaute die Männer der Reihe nach an, als wollte er die Wirkung der Namensnennung sehen.

»Jesus«, wiederholte der andere, »so heißen viele in den romanischen Ländern, sogar in Afrika heißen sie so – aber zu dir passt dieser Name.«

»Na ja«, fing ein anderer an, »wirst den Namen hinter dem Bart tragen können; übrigens – Jesus – Mensch – du siehst wirklich aus wie der vor zweitausend Jahren.« – Alle lachten. Auch Christus lächelte. Er war glücklich.

»Ich muss das Versöhnungswerk im Kleinen anfangen«, dachte er, »ganz im Kleinen.«

Und als er dann allein durch die Straßen der Stadt ging, wiederholte er für sich die Worte: »Jesus – Mensch«, und sie waren die schönsten aus Menschenmund, die er seit damals gehört.

Dann aber dröhnten die Lautsprecher die neueste Nachricht über die belebten Straßen:

»Die leuchtende Wolke, die heute früh von allen Sternwarten gesichtet worden war«, sei »einwandfrei als Zusammenballung der Ionen in der F 2-Zone der Ionosphäre erkannt, wahrscheinlich durch den bei der letzten und größten Atomexplosion hervorgerufenen Luftwirbel.«

Nachwort

I

Legenden sagt man nach, dass sie altbacken-religiös und moralinhaltig seien. Dieses abschätzige Urteil mag auch mit dem Ursprung des Begriffs Legende zusammenhängen. Er entstammt dem Brauch, in Gottesdiensten oder in klösterlichen Gemeinschaften aus Heiligen-Viten vorzulesen. Dabei ist die Lesung ursprünglich auf das Leben von Bekennern aus dem »liber legendarius« beschränkt, das sich von den Lebensgeschichten der Märtyrer aus dem »liber passionarius« unterscheidet. Diese Unterscheidung entfällt im 13. Jahrhundert zusehends. Der Begriff Legende bezeichnet nunmehr die wundersam ausgestaltete Erzählung eines geheiligten Lebens.

Wenn man heute eine Person als Legende bezeichnet, geht es nicht um ein geheiligtes Leben, sondern um herausragende Leistungen und das Ansehen, dass man in der Öffentlichkeit erlangt hat. In der christlichen Legende dagegen zählt nicht das »Ansehen der Person«, sondern die Hingabe an einen Gott, vor dem wir uns nicht beweisen müssen (Röm 2,11). Er nimmt uns vorbehaltlos an.

Einem Sportler, der zur Legende wird, haftet nichts Unglaubwürdiges an. Wer als Legende gilt, kann sich auf das berufen, was er oder sie im Leben erreicht und bewirkt hat. Diese Faktizität verliert im heutigen Sprachgebrauch dann an Bedeutung, wenn man ein Ereignis oder eine Handlung als Legende bezeichnet und damit eine bewusste Fälschung, eine historische Unwahrheit oder gar eine Lüge unterstellt.

In der »Legenda aurea«, einer der bedeutendsten Sammlungen von Heiligenlegenden des späten Mittelalters, ist nicht eine historische Faktizität ausschlaggebend, die eindeutig belegt werden kann. Im Vordergrund steht die zu verinnerlichende Gültigkeit des Erzählten. Für die »Legenda aurea« ist somit nicht entscheidend, ob man das Erzählte verifizieren kann. Es geht vielmehr um die Frage, ob sich eine andere, eine göttliche Wirklichkeit im Leben zeigt und das Leben berührt.

Einen Tatsachenbericht erwarten auch die Leser biblischer Legenden nicht. Die Kindheit des Mose ist Gegenstand einer Legende, die von der Geschichte des Menschen mit Gott erzählt. Diese Erzählung erhebt nicht den Anspruch, dass sich die Kindheit des Mose wirklich historisch so ereignet hat; vielmehr will sie Gottes Heilshandeln am Menschen herausstellen.

Ebenso sind die legendarischen Erzählelemente in der Passion Jesu, wie sie im Lukasevangelium beschrieben wird, weder Teil einer erdachten noch einer offiziell beglaubigten Geschichte, sondern ein Zeugnis von der Hingabe Jesu. Auch hier gilt, dass die Legende kein faktisch-nüchterner Bericht ist, in dem Ereignisse protokolliert werden, sondern dass sie von der einzigartigen Heiligkeit des Wirkens Jesu kündet. Die historische Tatsächlichkeit wird überboten durch die bleibende, gegenwärtige Wahrheit der Legende. Das, wovon sie erzählt, ist auch heute wahr.

In verwissenschaftlichten, technisch hochgerüsteten Zeiten hält man das für wahr, was man beweisen kann. Diesen Maßstab legt man auch in der Geschichte der Legendendeutung immer wieder an. Schon früh taucht der Vorwurf auf, dass sich die Legende durch erbauliche, aber auch phantastische Ausschmückungen weit von ihrem geschichtlichen Kern entfernt. Der historische Geltungsanspruch der Legende wird fragwürdig, sie wird als unwahrscheinliche Erzählung abgetan. Die ausschmückende Erzählweise, die die beabsichtigte Wirkung verstärken soll, ist vor allem für Martin Luther Anlass, die Legende als »Lügende« abzulehnen. In der Folgezeit wird die Legende oft nicht mehr als Predigtstoff akzeptiert und satirisch verspottet.

Den Vorwurf, dass es sich bei Legenden um fromme Lügen handelt, entkräftet Johann Gottfried Herder mit dem Verweis auf die »Innigkeit«, die »populäre Herzlichkeit und Rührung« der Legende. »Andacht, ein Aufmerken aufs Göttliche ringsumher« ist, so Herder, das eigentliche Merkmal der Legende. »Andacht sollte sie sein, Andacht sollte sie einflößen und wirken.«

Das Aufmerken auf das Göttliche ist das, was einer weitgehend entchristlichten Postmoderne fehlt, die mit Andächtigem und Erbaulichem nur noch wenig anzufangen weiß und es als Frömmelei abtut. Andacht ist jedoch kein frommes Gefühl, sondern die konkrete Ausrichtung des ganzen Lebens auf Gott und die Gewissheit, dass Gott in der Welt gegenwärtig ist.

II

Nach der jeweiligen Ausprägung dieser Glaubensaussage ragen vor allem Marien-, Heiligen- und Christuslegenden heraus. Letztere scheinen zuweilen ganz aus der Zeit gefallen zu sein, wollen sie doch im Stil von Ferdinand Bäßlers Legendensammlung eine Festigung des Glaubens bewirken, indem sie von Menschen erzählen, die in ihrem Leben die »Herrlichkeit des Herrn« aufscheinen lassen (Jes 60,1). Eine solche religiös-didaktische Intention mag in einer glaubensarmen, gottesflüchtigen Postmoderne wie ein Fremdkörper wirken, aber sie entspricht der tiefen Sehnsucht des Menschen nach einer Nähe zum Heiligen.

Legenden um eine fromme Gestalt müssen nicht notwendig einen hagiographischen Charakter haben. Die Protagonisten gehören oft nicht zum Heiligenkalender. Sie sind mitunter alltägliche Menschen, die in ihrem Leben dem Heiligen begegnen. Das Heilige aber verbannt man dieser Tage zunehmend in ferne, fremde Räume. Christuslegenden dagegen offenbaren, dass Menschen in ihrem gewöhnlichen Leben mit dem Heiligen vertraut sind. Das Heilige strahlt in die Welt hinein.

In der Welt gibt es auch das Unheilige. Moderne Christuslegenden spiegeln an dieser Stelle das heutige Menschenbild wider. Sie verabschieden die Vorstellung vom erhabenen Menschen. Die mächtige, eindrucksvolle Demonstration eines tadellosen und gottgefälligen Lebens, in dem Wunderbares zum Ausdruck kommt, wird in der modernen Christuslegende ersetzt durch die zu jeder Zeit mögliche Zuwendung Gottes zum Unauffälligen, Unbedeutenden.

Christuslegenden erzählen von einer Gottsuche, die Menschen zu allen Zeiten bewegt und antreibt. Dabei zeigt sich in der Geschichte der Christuslegende, dass Gottsucher häufig Anfechtungen und Ambivalenzen ausgesetzt sind. Diese Zweideutigkeit erfasst auch das Jesusbild moderner Legenden. Der Glaube an den Gottessohn, den Erlöser und Retter, wird heruntergebrochen auf den Glauben an den Menschensohn, den Bruder und Freund.

So geerdet das Jesusbild hier erscheint – es bleibt dennoch mit dem Wundersamen verbunden, das sich jeder menschlichen Logik entzieht. Eine wundersüchtige Zeit will einsichtige »Zeichen« sehen, nicht aber jene geheimnisvolle Wirklichkeit des Wunderbaren, die unverfügbar ist

(Joh 4,48). In der Christuslegende spornt diese geheimnisvolle Wirklichkeit zur »Imitatio« an. Nachfolgen und Nachahmen sind heute vielfach eins. In der Christuslegende dagegen geht es um eine Nachfolge, die offenbar macht, was ein Leben vor Gott bedeutet. Es ist kein Strahlen als Star, keine Bewunderung durch Fans, sondern ein »Leben in Fülle« in den Verheißungen Gottes (Joh 10,10).

Christuslegenden wollen ihre Leserschaft erbauen und ihr das Vertrauen auf einen Gott vor Augen stellen, der sich in einem Kind offenbart hat. Christuslegenden erzählen unmittelbar oder in Spiegelungen durch Menschen, die das Jesuskind im Glauben ergreifen, vom Trost und Heil der Welt. In unheilvollen und zugleich unübersichtlichen, immer komplexer werdenden Zeiten sind Menschen trostbedürftiger denn je. Der Kirche wirft man heute vor, dass sie diesen Trost aufgrund ihrer Unglaubwürdigkeit und ihrer lebensfern wirkenden Lehre nicht mehr zu spenden vermag. In der Geschichte der Christuslegende zeigt sich, dass hier die erzählerische Wiederaufnahme biblischer Texte immer wieder auf die Diskrepanz zwischen Leben und Lehre bezogen wird. So betont Herder mit Blick auf die zeitgenössische abstrakte und abgehobene Predigerpraxis: »Eine kleine Legende wird mehr Psychologie, mehr Warnung, Rat und Trost enthalten als vielleicht ein ganzes System kalter, pharisäischer Sittenlehre.«

Maßstab für die Christuslegende ist der gelebte Glaube, ein Leben, dem der Glaube Form gibt. Jeder Versuch, das Evangelium Jesu Christi zur Dichtung zu machen, ist nach Herders Überzeugung der »unverfälschten, allein dauernden Wirkung« der Lebensgeschichte Jesu »im Charakter des Lebens« untergeordnet. Wenn Jesus unser Leben nicht prägt, droht es, leer und nichtig zu werden. »Siehe, ich stehe vor der Tür und klopfe an« – so beschreibt die Johannesoffenbarung das Werben Jesu um den Menschen (Offb 3,20). Es liegt an uns, Jesus unser Herz zu öffnen und ihn einzulassen in unser Leben.

III

Christuslegenden stehen im Zeichen des Wechselspiels von Hellem und Dunklem, von Leben und Tod. Helmut Schillings Legende beschreibt, wie sich die Welt einem Hirten öffnet – »weit überschaubar, dunkel und licht zugleich«. Das Wechselspiel von Licht und Finsternis zeigt an, dass der Mensch das Licht annehmen oder sich davor verschließen kann.

Jeder einzelne Mensch wird ins Licht gestellt. In ihm wird offenbar, wer wir eigentlich sind. In ihm entscheidet sich zugleich, ob wir bereit sind für »jenen Tag«, an dem »aus Dunkel und Finsternis die Augen der Blinden sehen werden« (Jes 29,18).

»Steh auf, werde licht, denn es kommt dein Licht«, so die Aufforderung im Buch Jesaja (Jes 60,1). Das Kommen des Lichts, die Geburt des göttlichen Kindes ist kein vergangenes Ereignis. Das Kind hat, wie Werner Ilbergs Legende betont, die Macht, »von den Toten aufzuerstehen«, und wird »in jeder Generation wiedergeboren«.

Das, was in der Nacht der Christusgeburt geschieht, kommt »vom Himmel her« (1 Thess 1,10). Sophie Reinheimers Legende von der Christrose spricht aber auch davon, dass es eine Heilige Nacht »im Himmel und auf der Erde« gibt, die dem Menschen inwendig ist. Jener Gott, den die Hirten loben und preisen, ist in Theodor Leonhards Christuslegende bezeichnenderweise kein ferner »Gott in der Höhe«, sondern ein »Gott in der Tiefe«, der sich dem Menschen hinschenkt (Lk 2,14).

Gott schenkt uns das Licht. In den Legenden aus dem apokryphen Thomasevangelium ist es das Jesuskind, das unser Leben und unsere Welt hell und heil machen will. Das Jesuskind richtet Hoffnungslose auf, heilt Kranke und erweckt Tote zum Leben. So ist das Kind das »Licht der Welt« (Joh 8,12).

Von dem Kind, so heißt es in Leo Weismantels Legende von den drei Königen an der Krippe, »ging ein blaues, geheimnisvolles Leuchten aus«. Es ist das »wahre Licht, das jeden Menschen erleuchtet« (Joh 1,9). Das Licht leuchtet mitten in der Nacht. Wir können es nicht selbst entzünden. Es kommt nicht von uns. Gott ist der Gebende.

Aber die Welt, die Gott in Jesus erlösen will, hat die Freiheit, das Licht abzulehnen. »Die Welt erkannte ihn nicht. Er kam in sein Eigentum, aber die Seinen nahmen ihn nicht auf« (Joh 1,10–11). Obwohl das Licht allen bereitsteht, wird es von vielen zurückgewiesen. Man weist das Licht bewusst zurück, weil man das Leben nach eigenen Maßstäben leben will. So wird das Licht verdunkelt, das Gott uns in Jesus geschenkt hat.

In der Dunkelheit sind wir blind für das Geschenk Gottes. Man klammert sich wie der »griesgrämige, hartherzige« Bauer, von dem Georg Dreißigs Legende »Eine Handvoll Stroh« erzählt, an weltliche Güter wie Wohlstand und verkennt, dass man sich dabei »auf Nichtiges stützt« (Jes 59,4).

Der Mensch kann sich bewusst gegen das Licht entscheiden. König Herodes, wie ihn Rudolf Hagelstanges Legende beschreibt, betrachtet auf Münzen »verliebt sein Bild darauf«. Herodes sieht nur sich selbst. Er hält sich für einen »allmächtigen König« und verschließt sich in seinem Narzissmus vor dem wahren König.

Herodes »liebt die Finsternis mehr als das Licht« (Joh 3,19). So ist die Nacht, in der Jesus kommt, wirklich Nacht. Es ist die Nacht im Menschen, seine Schwäche, seine Neigung zur Sünde. Der »Wurm der Schuld«, so heißt es in Leo Weismantels Dreikönigslegende, wirkt zerstörerisch, er »zerfrisst« die »Sehkraft« des Menschen, der sich von Gott entfremdet und blind wird für seine Verheißungen.

Je mehr wir zum Licht kommen, desto deutlicher wird unsere eigene Nacht. Man kann sich der Finsternis stellen und eigene Schatten bekennen vor Gott, der »das im Dunkeln Verborgene ans Licht bringt und die Absichten der Herzen aufdeckt« (1 Kor 4,5). Doch nicht jeder will, dass das Dunkle sichtbar wird. »Jeder, der Böses tut, hasst das Licht und kommt nicht zum Licht, damit seine Taten nicht aufgedeckt werden« (Joh 3,20). Im Dunkeln will man seine Bosheit verbergen und zudem das verstecken, was man aus dieser Bosheit heraus anderen zufügt.

Dass man die Finsternis mehr lieben kann als das Licht und in ihr seine Bosheit verbergen will, offenbart eine dunkle Wahrheit über den Menschen. »Jeder ist gottlos und tut Böses«, klagt der Prophet Jesaja (Jes 9,16). Wir haben »keine Entschuldigung für unsere Sünde« (Joh 15,22). Wir können sie nicht ungeschehen machen. Gott selbst wird Mensch, um die Welt mit sich zu versöhnen. Sünde und Tod haben nicht mehr das letzte Wort über unser Leben.

»Die Nähe des Kindes«, so betont Alfred Müller-Felsenburgs Legende, »verbot jedes böse Wort«. Dennoch wirkt bis zum heutigen Tag auch Böses in der Welt. Das Böse ist ein Widerpart des Lichts, es verfinstert die Welt. Der johanneische Christus sagt: »Ich bin als Licht in die Welt gekommen, damit jeder, der an mich glaubt, nicht in der Finsternis bleibt« (Joh 12,46). Selbst die größte Finsternis kann das Licht nicht auslöschen. »Das Licht leuchtet in der Finsternis und die Finsternis hat es nicht erfasst« (Joh 1,5). Doch so hell das Licht eine gebrochene Welt erleuchtet – die Dunkelheit ist damit hier und jetzt noch nicht endgültig aufgelöst. Die »Gassen« der Welt, so heißt es in Josef Martin Bauers Legende, sind »zumeist laut und böse«.

Max Mells Gewalttäter steht für den angefochtenen Menschen, der nur allzu genau weiß, dass er schwach und gefährdet ist. Wir kennen die dunklen Abgründe, die in uns verborgen sind, und sehen uns zugleich einem Gott gegenüber, »der das Licht formt und das Dunkel erschafft« (Jes 45,7). Dieser Gott erhellt die Finsternis, aber er beendet sie auf Erden nicht. Es gibt das »Geheimnis« des Bösen (2 Thess 2,7). Wir können es nicht selbst entschlüsseln. Die Frage nach dem Warum des Bösen kann am Ende nur Gott beantworten. Er »ist der Herr«, auf den alles zurückzuführen ist (Jes 45,6).

IV

Dem Geheimnis des Bösen steht ein anderes Geheimnis gegenüber – das Geheimnis der Heiligen Nacht. Es kann uns so tief bewegen und überwältigen, dass es uns selbst und andere verwandelt. In diesem Augenblick scheint auf, wie die Welt sein könnte, wenn sie einem Gott vertraut, der sich ihr hingeschenkt hat.

Dort, wo Menschen nur noch sich selbst genügen, ist die eigentliche Mitte des Evangeliums verlorengegangen: die Botschaft, dass Jesus Selbstgabe Gottes ist. Wer sie annimmt, wird auch von ihr künden wollen und sie so vorleben, dass sie die Herzen anderer berührt und ihnen Trost und Hoffnung ist.

Wer gegen alle Widerstände und Vorbehalte bekennt, dass das Kind in der Krippe Gott selbst ist, wird ein Mensch im Licht, der andere aus der Finsternis holt. Sein Licht »leuchtet« nunmehr »vor den Menschen«

(Mt 5,16). Jeder, so betont Rolf Walkers Legende, ist aufgefordert, in seinem Leben ein leuchtender Stern zu sein und »etwas von seinem Licht zu verbreiten«. Wer ein »Stern mit Sternfolgen« ist, darf gewiss sein, dass nichts vergeblich war und nichts für immer vorbei ist.

Mit Jesus erscheint ein König in der Welt, der die Herrschaft der Mächtigen ablöst, indem er die Herzen der Menschen anziehen möchte. Im Stall der Christusgeburt braucht es, wie Margarete Kubelkas Legende zeigt, keine »Würdenträger«, denn der neugeborene König sieht »nur auf das Herz und die Gesinnung« (vgl. 1 Sam 16,7). Der neugeborene König will uns nicht wegen unserer Sünden verurteilen. Er sehnt sich nach uns, er lächelt uns an und streckt uns seine Hand entgegen.

Die Hirten, von denen die Weihnachtsgeschichte erzählt, sind »Zeugen«, die mit den Augen des Herzens die Wirklichkeit Gottes schauen dürfen (Lk 24,48). Die Hirten haben den Anruf Gottes in ihrem Leben erfahren. Er verändert ihre gesamte Existenz und befähigt sie, das Licht weiterzugeben. Die Hirten entzünden Freude, Hoffnung und Zuversicht. Weil sie »an das Licht glauben«, sind sie »Kinder des Lichts« (Joh 12,36, Eph 5,8).

Heute herrscht bei vielen das Gefühl vor, dass es in der Welt immer dunkler wird. Die Finsternis scheint sich auf eine Weise auszubreiten, dass man nicht mehr mit einem Licht am Ende des Tunnels rechnet. Jesus bringt Licht in die Finsternis. Bei der Heilung eines Blindgeborenen wird offenbar, dass wir im Glauben an Jesus »zum Licht kommen« können (Joh 3,21). Das Licht strahlt in einem dunklen Stall. Wenn wir in unserem Leben auf dem Weg gehen, der uns zum Stall führt, werden wir selbst Licht.

Der Glaube sagt aus, dass das Licht in der Mitte der Nacht kommt. In der dunkelsten Stunde unseres Lebens scheint das Licht der Hoffnung auf. Walter Leupis Legende vom blauen Hirtenmantel erzählt, dass alles mit einem Mal »stockfinster« wird. Doch an der Krippe reißt, wie Alfred Müller-Felsenburgs Legende zeigt, der »dunkle Nachtmantel des Himmels« entzwei. Die Welt, so heißt es in Walter von Molos Legende, wird wundersam erhellt. »Wie ein Baum voll von Früchten im Sonnenlicht steht und leuchtet«, so geht und fließt »Kraft aus Jesus« und zum Menschen.

Eine einzigartige Lebensmöglichkeit wird offenbar: der Weg der Nachfolge und Liebe. »Wer mir nachfolgt«, so der johanneische Christus, »wird nicht in der Finsternis umhergehen, sondern wird das Licht des Lebens haben« (Joh 8,12). »Am Ende der Zeit« gibt es keine Finsternis mehr (1 Petr 1,5). Wir werden auf das Licht der Welt »blicken« und in seinem Glanz leben (Ps 34,6).

V

Die Heilige Nacht, in der das Licht in unsere finstere Welt kommt, umfasst Vergangenheit, Gegenwart und Zukunft. Das Kind in der Krippe ist Herr und Richter von Welt und Zeit. Die drei Könige, wie sie Johannes von Hildesheims Legende beschreibt, erfahren, dass vor dem Herrn »tausend Jahre wie der Tag sind, der gestern vergangen ist« (Ps 90,4).

In einem Kind löst Gott seine Verheißungen ein – wunderbarer und herrlicher als Menschen es sich je vorgestellt haben und zugleich wider alles menschliche Begreifen, Erkennen und Wünschen. Der vierte König, dessen Leben von Barmherzigkeit und Nächstenliebe geprägt ist, hat, so zeigt Elisabeth Hardts Legende, den verheißenen Messias »nicht umsonst gesucht«. Er hat vielmehr den Messias »immer wieder gefunden, ohne ihn zu erkennen«.

Viele Menschen verbinden das göttliche Kind mit etwas Großem und Eindrucksvollem. Doch das Kind in der Krippe, so macht Ferdinand Bäßlers Legende deutlich, liebt das Schlichte, Einfache und Arme. Gott, der als der Allmächtige geglaubt wird, kommt in Schmach und Bedürftigkeit, ohne Insignien weltlicher Herrschaft. Ähnlich erzählt Hermann Gerstners Legende davon, dass Gott sich in seinem Sohn den Geringsten, den Verachteten und den Ausgestoßenen zuwendet. Der einsame, »unkönigliche« Hirte aus Helmut Schillings Legende lebt sein Leben auf einen König hin, der gegen alle weltlichen Herrschaftsvorstellungen »ihn, den Ärmsten, seinen Bruder nennen werde«.

Dieser König wird am Kreuz sterben und doch wird sich an ihm die Verheißung erfüllen: »Verschlungen ist der Tod vom Sieg« (1 Kor 15,54). Aber noch ist die Welt dem Sterben und dem Tod ausgesetzt, noch ist die Sünde tief im Menschen. Noch wird die Welt niedergedrückt von Zwietracht und Hass, Kummer und Leid. Doch so düster die Welt auch sein mag, sie ist auf den »Tag des Herrn« ausgerichtet (1 Thess 5,2). An diesem Tag wird Jesus allen offenbar, er wird Gericht halten über »die Lebenden und die Toten« (2 Tim 4,1). Er spricht denen, die den Tag des Herrn ersehnen, das Wort zu: »Erhebt eure Häupter; denn eure Erlösung ist nahe« (Lk 21,28).

Der Mensch sucht Frieden, Rettung, Erlösung. Aber jegliches Suchen ist aussichtslos, wenn Gott dem Menschen nicht zuvorkommt und auf ihn wartet. Gläubiges Leben ist Erwartung eines Gottes im Wissen darum, dass wir von ihm erwartet werden. Peter Roseggers Legende vom »Zweispanigen« handelt von einem armen Bauern, der aus dieser Erwartungshaltung heraus alles, was er hat und tut, mit Jesus teilt. Wer Jesus auf diese Weise nachfolgt und nahe ist, dessen Leben kann der Tod nicht auslöschen. Der Bauer wird in der Nähe eines Grabmals beerdigt, das den guten Hirten darstellt. Als man den Sarg »in die dunkle Tiefe senkt«, strahlt »die von der Sonne hellbeschienene Gestalt des guten Hirten ein schönes, weiches Licht« herab in das offene Grab.

So finster die Welt auch zu sein scheint, sie »sieht ein helles Licht« (Jes 9,1). Es ist das Licht der göttlichen Liebe, die den Menschen heilt. Es ist das Licht der göttlichen Wahrheit. Das Licht strahlt »über denen auf, die im Land des Todesschattens wohnten« (Jes 9,1). Die Bedrängnis, die hier beschrieben wird, bringt zum Ausdruck, dass das Volk in der Düsternis, im Zustand der Gottesferne »geht« (Jes 9,1). Dieses Umhergehen ist ohne Ziel: »Man weiß nicht, wohin man gerät« (Joh 12,35).

Lorenz Macks Legende zeigt, dass es im Todesschatten für Menschen, die in Not und Bedrängnis leben, »nicht leicht« ist, Gott »zu preisen, zu loben und dabei noch froh zu sein«. Dort, wo Dunkelheit vorherrscht, ist Trostlosigkeit und Freudlosigkeit. Aber trotz der Nacht, »trotz all unserer Not« scheint eine besondere Freude auf, die Freude »im Herrn« (2 Kor 7,4; Phil 4,4).

In seiner Legende über die Weihnachtsfreude verweist Dietrich Mendt auf die eschatologische Ausrichtung dieser Freude, die sich am »Ende der Zeiten« vollendet (1 Kor 10,11). Was geschieht, fragen die Engel, wenn Gott als Kind zur Welt kommt und »wenn das schief geht unten auf der Erde?« »Es geht schief«, antwortet der Herr den Engeln,

»aber das versteht ihr jetzt noch nicht«. Doch »zuletzt wird wieder Freude sein und sie wird bleiben«.

Beim Herrn ist die »Quelle« des Lichts und der Freude (Ps 36,10). Das Licht ist da, es ist gegenwärtig. Es leuchtet über uns. Das Licht ist Gottes Anwesenheit. »Von ihm her« erfullt sich das, wonach Menschen sich ein Leben lang sehnen (Offb 21,2). Sie werden vom Tod auferstehen und im göttlichen Licht strahlen.

Elisabeth Hurth

Quellennachweis

Aurbacher, Ludwig: Die Vögel des Schöpfers. Aus: Ders., Ein Büchlein für die Jugend. J. G. Cotta'sche Buchhandlung, Stuttgart 1834 (gekürzt).

Bäßler, Ferdinand: Trost aller Welt. Aus: Ders., Legenden und Balladen. Deckerische Geheim Ober-Hofbuchdruckerei, Berlin 1851.

Bauer, Josef Martin: Wundersinn. Aus: Georg von Holtzbrinck (Hrsg.), Das Weihnachtsbuch der Bibliothek. Deutsche Verlagsexpedition, Stuttgart 1940 (gekürzt; Originaltitel: Kleine Legende).

Bethge, Hans: Hirten und Könige, Aus: Georg Küffer (Hrsg.), Weihnachtsgeschichten. Verlag H. R. Sauerländer, Aarau 1952 (Originaltitel: Weihnachtslegende).

Bierbaum, Maria: Die Wiederkehr. Aus: Heidi Kaiser (Hrsg.), Erzählband zur Weihnachtszeit. Für Gemeinde, Familie, Schule. Ernst Kaufmann Verlag, Lahr 1991 (Originaltitel: Christuslegende – heute).

Binding, Rudolf G.: Coelestina. Aus: Ders., Legenden der Zeit. Rütten & Loening Verlag, Potsdam 1940 (Auszug).

Brey, Henriette: Das Licht der Welt. Bergland Verlag, Elberfeld 1923.

Dehmel, Paula: Die Blume der Menschenliebe. Aus: 24 literarische Geschichten für den Advent. Ars Edition, München 2016 (Originaltitel: Die Christblume).

Dreißig, Georg: Das Kommen des Weltenkönigs (Originaltitel: Die unscheinbaren Knollen)
– Ders.: Eine Handvoll Stroh
Beide Texte aus: Georg Dreißig, Das Licht in der Laterne © Verlag Urachhaus, Stuttgart 1987.

Gerstner, Hermann: Der taube Knecht Josias. Aus: Biblische Legenden, Hohenloher Druck- und Verlagshaus, Gerabronn-Crailsheim 1971.

Gotthelf, Jeremias: Das Kind und die Schlange. Aus: Ders., Leiden und Freuden eines Schulmeisters. Büchergilde Gutenberg Zürich. Bern o. J. (Auszug).

Hagelstange, Rudolf: Die erste Audienz. Aus: Ders., Es war im Wal zu Askalon. Dreikönigslegende. Gütersloher Verlagshaus, Gütersloh 1975 (Auszug) © Ricarda Hetschger.

Hardt, Elisabeth: Der vierte König. Aus: Der Weinberg. Missions- und Familienzeitschrift der Oblatenmissionare, 1/2014 © bei der Autorin.

Heck, Elisabeth: Der stumme Hirte. Aus: Dies., Der verheißene Stern. Weihnachtslegenden. Lahn Verlag, Limburg 1994 © bei der Autorin.

Ilberg, Werner: Vom Himmel auf Erden. Aus: Rut Brock / Rudolf Brock (Hrsg.), Wunderweiße Nacht. Erzählungen, Gedichte und Lieder. Henschel Verlag Kunst und Gesellschaft, Berlin 1982 (Originaltitel: Eine Weihnachtslegende).

Jacobus de Voragine: Von der Geburt des Herrn (gekürzt)
– Ders.: Himmelskörper (Auszug)
– Ders.: Von Sanct Christophorus
– Ders.: Vom Zeugnis der Hirten (Auszug)
Alle Texte aus: Die Legenda aurea des Jacobus de Voragine. Aus dem Lateinischen übersetzt von Richard Benz, 13. Auflage © Gütersloher Verlagshaus, Gütersloh 1999.

Jesaja (Prophet): Einheitsübersetzung der Heiligen Schrift © 2016 Katholische Bibelanstalt GmbH, Stuttgart. Alle Rechte vorbehalten.

Johannes von Hildesheim: Der erwartete Stern (Auszug)
– Ders.: Die Könige und der Stern (Auszug)
Beide Texte aus: Ders., Die Legende von den Heiligen Drei Königen. Übertragen von Elisabeth Christern. Deutscher Taschenbuch Verlag, München 1963.

Kindheitsevangelium des Thomas: Auferstehung
– Dass.: Heilung
Beide Texte aus: Aus: Katharina Ceming / Jürgen Werlitz, Die verbotenen Evangelien. Apokryphe Schriften © Fourier Verlag, Wiesbaden 2004.

Klose, Lukas: Die blaue Blume (Originaltitel: Künstlers Weihnacht). Aus: Ders.: Weihnacht. Geschichtlein. Gesellschaft für christliche Kunst, München, 3. Auflage 1922 (gekürzt) © Provinzialat der Deutschen Provinz der Salvatorianer.

Köstlin, Therese: Christnachtzauber. Aus: Gustav Schlipköter (Hrsg.), O du fröhliche – Weihnachten im deutschen Haus. Fr. Zillessen Verlagsbuchhandlung, Berlin o. J. [1925].

Kubelka, Margarete: König Melchior und das Kamel (Originaltitel: Wie das Kamel zu seinen Höckern kam). Aus: Wie das Kamel zu seinen Höckern kam. Advents- und Weihnachtsgeschichten von Margarete Kubelka, Verlag am Eschbach, Eschbach 1997 © Erbengemeinschaft Margarete Kubelka / Dr. Friedrich Kröhnke, Berlin.

Leonhard, Theodor: Von Hirten und Engeln. Aus: Heidi Kaiser (Hrsg.), Erzählbuch zur Weihnachtszeit. Für Gemeinde, Familie, Schule. Ernst Kaufmann Verlag, Lahr 1991 (Originaltitel: So war das mit den Engeln) © beim Autor.

Leupi, Walter: Der blaue Hirtenmantel. Aus: Maria Aebersold (Hrsg.), Weihnachtliche Geschichten. St. Arbogast Verlag, Muttenz 1978.

Mack, Lorenz: Lobpreis. Aus: Ders., Weihnachtslegende. Benziger Verlag, Einsiedeln 1963 (Auszug) © Universität Innsbruck, Forschungsinstitut Brenner-Archiv.

Mell, Max: Der Gewalttäter. Aus: Ders., Prosa, Dramen, Verse. Band 3. Langen Müller Verlag in F. A. Herbig Verlagsbuchhandlung, München 1962 (Originaltitel: Die Geschichte vom Gewalttäter).

Mendt, Dietrich: Weihnachtsfreude. Aus: Ders., Von der Erfindung der Weihnachtsfreude. 2. Auflage. Evangelische Verlagsanstalt, Leipzig 2012 (gekürzt) © Christian Mendt.

Molo, Walter von: Die Legende vom Herrn. Langen Müller Verlag in der F. A. Herbig Verlagsbuchhandlung, München 1982 (Auszug).

Müller-Felsenburg, Alfred: An der Krippe. Aus: Heidi Kaiser (Hrsg.), Erzählbuch zur Weihnachtszeit. Für Gemeinde, Familie, Schule. Ernst Kaufmann Verlag, Lahr 1991 (Originaltitel: Fröhliche Weihnachtslegende vom Christkind, der Maus und dem Hirtenknaben).

Reinheimer, Sophie: Die Christrose. Aus: Dies., Bunte Blumen. Franz Schneider Verlag, München 1964.

Ronecker, Karl Heinz: Der Hirte und das Licht. Aus: Wolfgang Brinkel / Heike Hilgendiek (Hrsg.), Davids Stern steht über Bethlehem. Ein Weihnachtslesebuch. Christian Kaiser Verlag, München 1992 © Ingeborg Ronecker, Kirchzarten.

Rosegger, Peter: Der Zweispanige. Aus: Ders., Mein Himmelreich. Bekenntnisse – Geständnisse. Verlag L. Staackmann, München o. J. (Auszug).
Röttger, Karl: Als Jesus noch ein Kind war
– Ders.: Die Träume
Beide Texte aus: Hella Röttger / Hans Martin Elster (Hrsg.), Ausgewählte Werke in 2 Bänden, Band 1. Lechte Verlag, Emsdetten 1958.
Schilling, Helmut: Der einsame Hirte. Aus: Maria Aebersold (Hrsg.), Weihnachtliche Geschichten. St. Arbogast Verlag, Muttenz 1978 (Originaltitel: Der gläubige Hirt).
Walker, Rolf: Stern mit Sternfolgen. Aus: Ders., Das Kind in Windeln gewickelt. Heitere Weihnachtslegenden um die Krippe. Quell Verlag, Stuttgart 1981 (gekürzt; Originaltitel: Was alles aus dem Weihnachtsstern wurde).
Watzlik, Hans: König Walthauser mit Stecken und Stern. Aus: Georg von Holtzbrinck (Hrsg.), Das Weihnachtsbuch der Bibliothek. Deutsche Verlagsexpedition, Stuttgart 1940.
Weismantel, Leo: Hirten auf dem Feld (Auszug).
– Ders.: Das Geheimnis (Auszug).
Beide Texte aus: Ders., Das Buch der heiligen Dreikönige. Filser Verlag, Augsburg 1929.
Wittig, Josef: Das allereinzige Kind. Aus: Wolfgang von Eichborn (Hrsg.), Ihr Hirten erwacht. Weihnachtsgeschichten aus Schlesien. Gräfe und Unzer Verlag, München 1961 (Auszug; Originaltitel: Der Stall von Bethlehem).

Ältere Texte wurden behutsam an die neue Rechtschreibung angepasst.

Herausgeberin und Verlag danken allen Rechteinhaberinnen und Rechteinhabern für die erteilten freundlichen Abdruckgenehmigungen.

Die Herausgeberin

Elisabeth Hurth, geb. 1961, Studium der Amerikanistik, Germanistik und Theologie in Mainz und Boston, 1988 PhD in Boston, 1992 Dr. phil. in Mainz, ist Lerntherapeutin und freie Publizistin in Wiesbaden.